郷原 宏詩集

Gohara Hiroshi

新・日本現代詩文庫

109

土曜美術社出版販売

新・日本現代詩文庫　109　郷原宏詩集　目次

詩篇

詩篇

詩集『執行猶予』全篇（1963-1966）

1　背推挽歌

熱い流れ

ひたすらに
のびようとする
おびただしいくちびるの
そらに血がにじむ陽差しのように
おれはもがきうたいつかれふくらみ
海にもぐり藻をたぐり眼をさぐり
果物にかぶりつき声をのみ
熱い土のにおいにむせ
ふくよかな耳鳴り

または雨をきく

休暇が終り
季節がまわる
野原の草のうえにねころび
やばんな太陽の光をあつめ誇らかに
脳髄をはためかせ心悸音をまばらに散らし
死へおちこむおもいに目をつむり
（夏が逝ってしまうのだよ）
腐蝕の重みに耐えている樹の
うつりかわるひろがりに溶ける
おれのジャミラよ
朝は遠いぜ

もろもろのうねりのなかにも
なまぬるい惑星よりうまれたいりくむいのちの
かずしれぬ触手をのばす血脈のなかにも

おれたちの朝はない
あらゆるうねりを空にかえす人類の流れは
息をつく森で首くくれ息をつくおれはながれる
星雲のつぶにもあらゆるながれのつぶにもいとし
　さをおもう
生きもののながれにまきこまれるひとつのつぶの
　女にうみおとされた
この熱い星をだきしめて目をつむり
あかるいゆれる水のおもいはこころにあふれる
ひたすらにとても好きだぜマキ

鳥追い歌

イエルサレムの夕ぐれ
石だたみの上
跪いて　彼は祈っていた
同族たちの血ぬられた秘蹟
と　少年の日の夢につりあう
鳥追いの歌はなに
そして
小鳥たちはどの枝から堕ちる

乾いた夢を飾った魔術的な花のかげで
いつも割礼式は行なわれ
司祭長の黒衣の下で
いつも小鳥はくびられた
それは女たちが最後の着衣を脱ぐ
日

うすい胸の奥でドアが鳴り
春の葬列がいった
めくれた唇の谷間で
貝殻のようにすすり泣くのは

だれ

不意に浮游しはじめる夢のきれはし
ない海に絶叫が起り
闇の底で何かが壊れる
それから夜
原初のようにふくれあがる夜の裏側は
なに
同族の視線はなにを妊んだ

彼はふと中世の死に憧れていた
塔の尖端にけものが飼われていた時代
ない大陸に傾きながら映された巨きな影
の部分　背推の鳥追い歌を
と　彼の目から砂漠がたれさがる
無言の砂の重さのない起重

もし転んだら小さなナイトの卵が煮えたろう
彼は起きあがる
祈りながら　埃にまみれた博物館へ行った
しかしそこになに
がある　または　あったか

石との関係

ひとの尾てい骨に
石が関係しているようだ
夜　ヨルダンの川のほとりで
把手をぎたぎたまわしたり
絶望的なブルースを口ずさんだりする
その背後のくらやみに
石が存在しているのではないか
朝　浅ましい祈りのうたに

腺病質なキリストの父が
なぜだかニッとほおえむとき
這うように蒼ざめるひとのこめかみに
石が宿っているらしい
くちづけというひとつの姿勢に
耳の奥のかたつむり池がかたむいて
ひとりでそっと濡れるとき
石はまむしになるのではないか
デコラティーフなバレリーナと
三千年の垣めぐる忍従の穴に
まむしはひそとひそむらしい
セーターをうぶ毛のように光らせて
人混みの中を帰ってゆくきみに
まむしはまんまと喰いつくのではないか
夜　くつしたをとるガータの中で
まむしはみるみる石になり
きみがみるみる蒼ざめて
夜の星座へ吐きだすとき
石はまむしになるのではないか
朝　太陽になにかの汚物がこびりつき
五月の風に乾いていくのは
まむしが石になるのではないか
ビルの上に青空が拡がり
きみが激しくむせるのも
みんな石との関係ではないか
きみの洞にはいつもまむしが棲んでいるようだ

冬の死または愛

非常に明るい欠落は
ぼくらの心から垂れさがり
ひとつの終焉がとつじょ起ちあがる
冬の日の隠微なすきまに

寒い希求が充塡され
耕地の空または唖の川の河口に
暗い余剰がみちみちる
首に白いロープを巻き
緑色のジャンパーを着たものたち
の肩胛骨に巣くう疲労のいもり
木枯し吹く中空のかなたから　ごく
密かにおまえを盗り　失われた
冬野菜の歪曲された理解よ
よじのぼる竹林の空に
まっ白い亀裂の何哩
ぼくはふと　あれを溢れさせて
おまえに馬乗る
乾いた唇は舗道の残渣をわけもなく吸い込みシュ
プレヒコールひょうひょうと街の内臓を渡る遠い
ワイヤの空の下唇かみしめながら珈琲は軽蔑の視
線を上げて徒労に囲繞されたぼくらの疾患にかぜ
は転げながら駆けこんでくる
ふとあるいは予期されたとおりに
おまえは豊饒な畏怖を発作し
午後の川を垂直に駆けのぼる
いない神はいない冬の井戸端に
偉大なもののない影はすすり泣く
風を圧殺して波はうちよせ
冬野菜は新鮮に蝕りゆく
橋の上にイルミネーションが帰り
太った人は急ぎ足
ふとそしてあんのじょう
おまえはうすく立ち止り
川の上に何があったの
水の色は何だったの
白いロープは鈍く光り
緑色のジャンパーは鈍く光り
うぶ毛をふるわせておまえは体を開こうとする

とうぜんにぬれた暖流はおまえの内になく
ただ干涸びた亀裂に泣く晦闇の淵から
オッホオッホ忍従の咳を咳き続ける
風よあるいはひとりの女よそんなにも空白にみち
て泣くなよ
今は冬だからぼくたちに暖かい愛のかたちなどあ
りはせずぼくたちに渦巻き燃える雨季の空などあ
りはしない
つまりぎみの鼻腔から
殺風景な樹氷へと跳ぶ
魚鱗のように銹びるいのちだ
おどろしく鳴る　ない海に浮かぶ
たったいっそうの丸木舟にのって
ぼくは行こう　おまえものるのだ　それから
ふいにあるいは予期したとおりに
ぼくらは残された唯一の愛または死を路上軌道の
暗い傾斜にどくどく発情するのだ

背推挽歌

またいつの頃よりかは
音たててくずれる日常のそらに
羽根に似た石くれがあると思われた
はじけとぶ冒険の下にも
画ピンのような夢があると思われた
葡萄状球菌　種子と花
アルペングロウも運命も
こころのなかで風景だった
(風景にも突然に死は訪れる)
冬の空は父のみみたぶ
それはかなしく潰されてあるもの
ザラザラの舌　ひらきすぎる気孔
まとまらぬ指たちのからみ合い

肉色のカーテンを閉ざす
日のめくるめき　おまえの長い
足がたわむ　髪が流れる　ふしぎにも
おまえのちぶさが光りだす
太陽が遠い木立をずりおちる
（行為にも突然に死は訪れる）
蕭々と濡れていたおまえ
マキ　枝の小鳥よ　舎人のすえよ
およそこの世にやさしい父などありはせず
なめらかな母の肩肉などありはしない
（どこへ行く　マキ）
ふと落日の予兆にまみれて
ひとりの犬または男が駆けていく
橋の上にイルミネーションがかえり
果物屋が果物を売りはじめる季節
電車みちを電車が通り
公園の花は赤ばかりだ

いっておくれ　この
失われる印画紙の日暮れから
わたしはひとりで旅立つことができますと
それならぼくは
おまえのいないこの夜を駆けて
ひとにぎりの憎悪と
風のような無目標から
ふいにおまえを愛することができる
さあ泣いておくれ　ぼくたち
ひとりひとりで出発だ
（出発にはもう死は訪れない）
在りし日に厭いにいとった
父と母とに会うために
みんなと和解するために
さようなら　マキ

2　カサブランカの二時に止まれ

カサブランカの二時に止まれ

エジプトの暁闇は銀色に
幾何学模様の人がひしめきはじめる
夜から夜へ
わたしの影絵は細く消え
不均衡な肩に暖色の思想がかけられる
焼土と白壁と砂嵐のなかに　ふと
見つけたビロードのまばたき
カサブランカの二時
に止まれ
たまに　ごくたまに
胸にさげられた鍵の音が
わたしの肩をたたくとき
空は愛と　どうでもよかった肉体の
苦痛にみちる　いつだって
希いとは残酷なものだ

ああ　愛する人
風もないのに坂道は紙切れの舞い
郵便はいくつもの森をこえて
わたしの小鳥に語りかける
鉄の心臓とビロードの両眼
それがわたしの希いだったから
夜が白むまで朗読の声をやめず
物語の美しさには驚きの声を
あるいは
やがてくる朝のため
みみずくは水に
人形は釘で串刺し
開かれたページは

記憶の頬づえとともに閉ざして
歴史　森　森の小鳥
不均衡な肩　マリンバの音
もしかしたら
カサブランカの二時に止まる

3　蛇の穴

走ル

オレタチハ走ル
オレタチハ駆ケル
ヌレテ光ル夜ノ闇カラ
カワイテ罅ワレタ舗道ノハテマデ

オレタチハ走ル
オレタチハ視ル
ヒトツノ証シヲ幾百ノ死ヲ
ソレガ垂レル想イデノ肝油デアロウトモ
憶イダサレル球状のヒカリハ
橋ノ上ノいるみねーしょんデハナク
とんねるヲ行ク夜汽車ノアカリデモナイ
ソレハツマミダサレルすけそう鱈ガ
氷ノ海ノ朝焼ケノヨウニ
梱包サレタ生命ノハジカラ
ジョジョニ光ヲ発シハジメルアノ血コゴリ
オレタチハ走ル
オレタチハ剝グル
しーつヤしーそーヤオビタダシイ裾ヲ
オレタチハ眠ル潜リコム
さらだヨリササヤカナ毎日草ノ花心へ
オレタチハ走ル

オレタチハ視ル
オレタチハ走リナガラ
破砕サレタ夜ノ切子がらすニフイニ
血ノヨウニ朝ガニジムノヲ
視ルオレタチハ血ヲフキアゲル街ノ空ヲ
イツマデモ乾キヤマヌ内臓ノアギトへ
フツフツオレタチノ眼ヲしゅぷれひこーるヲ
投ゲコムナダレコムナグリコム
歴史ノ身モダエル毛ト腺トニ
タクサンノ海タチト思惟ニ
フルエル空気ノ耳タブニ
カジリツク走リコムナダレコム訴エルコスル
走ルオレタチ走ルオレ
タチノボル寒気ヨ　オオ
(冬ノ日ハ凝ッテ骨ノヨウニ痛ク光ルヨ)

旅立ち

ぼくは突然に理解する。ぼくの暗部に棲み時折ぼくに出発を強いる遠い声のことを。朝の鏡にうつるうすあおい恐怖と、母の痛みとともに古いその涯しない持続について。

*

ぼくは何も見ることをしなかったし何処へも行こうとはしなかった。ぼくは塔のように一人であった。死者との伸縮する遠感はなく他者との自在な相関もなかった。
ぼくはただ沢山の世界を指の数だけに分類していた。虫獣類学者のように、あるいは西洋政治学史の泰斗のように。指の先からいつも何かがこぼれていった。それは早すぎる夢精であったかもしれない。

マキは霧の奥深くからやって来た。ぼくの見知らぬ、だがぼくの血脈が通じているあの霧の領土へ、ぼくは河をさかのぼった。しかしぼくは領土の夜に穴をうがつ一本の錐さえ持たなかった。

マキは口笛を吹いた。貧しい少年工のように。夥しいカラスアゲハが捕えられ囚人のように吊された。ぼくは白亜丘をめぐる風紋あるいは蝶の輪郭をまとった。世界はいつだってぼくほどに大きくはなかった。

＊

ぼくらはいつも夢の中で遭遇《であ》ったものだ。マキとの相関が倫理であるためにはぼくは未熟すぎたから、愛は抽象された仏陀のように遠くそして近かった。穂状花序の連なりはこの愛に帰属する唯一の思想であった。

ぼくらはぼくらの拡散を食い止める夜の規律を欲しいと思った。祭壇による地上の否定、闇による陽の否定、水の如く透明な擦過音、記憶を撥ねる一枚の露岩、たとえばマキの陰阜のように美しい悪意を。

＊

或る朝、マキは小鳥のように堕ちていた。

＊

短すぎる生涯の伝説は短くなったピースについての感覚的な理解から初めて修正されるだろう。爪が焦げるとき君は煙草の経済学を守り通すことができるか。そのようにしてぼくはまた一人になった。冬の空は青く澄み教会は遠い心の嘘だ。死について語ることをやめよ。マキ、死者の声音で唄ってごらん。

（冬の空は青く澄み……）

喚声

ぼくらの心の斜面を枯色に染めている
ここを荒地と呼ぶのはあたらない
終りの太陽は時の浅瀬を渉ってきて
きみのうなじに虹をめぐらし
声にならない想いのかけらがひとつずつ
ぼくらの傷口を年代記のように浸しはじめる
草の根を踏んで歩いてゆくと
したたりおちる草色の蛇また課題
ぬくぬくとした眼差しの底で
繊細な思惟のシュミーズは脱がれ
傷は癒えたという地唄の舞だけが
樹のように並んでいる
いつからか鳥は空に貼られ

ひそやかになごみつつくずおれる
遠い冬の葉柄のように
芯と葉のまじわりは断たれ
きみはひとりの女
ぼくは素朴なかたつむり
この冷えてゆく泥土のおもを
なだらかに駆けおりる孕む
(しかもこれが愛なんだよ)
整然と骨をさらしている祖霊の森
飛ぶためにのみとびたつ小鳥
高く肩をはってひらめかぬ鈍い心よ
ぼくらは倫理もそして意識さえも
よみがえることのないこの丘陵を去って
だしぬけに叫び議論は止し
木の葉の吹きよせを散らし時に愛し
ぼくらの死者に会いにゆくのだ

執行猶予

ぼくらの屍に似た曲線を集め
ゆるやかな形骸をまとう古代語の
ほど高い窓から射し入り
きみの眼の床に舞い上がる冬の陽

唇色の法衣につつまれた革命詩人の
フラスコのように満ちる一瞥が
絢爛たる伽藍の構造を離れる
礼節にすぎないひととき

ぼくらに訪れた誇りかな状況は
誤解と偏愛の花々を浮かべて流れる
荒廃の河の上澄みではありえない

と言い切れるか

きみの繊毛が今からみついているものは
潮垂れたぼくの脳髄の芯
きみの爪がほらそんなに透けてみえるのは
やがてためらいがちに序奏されるぼくの
熱い抗議にふるえるきみの
美しい恐怖のしるし

――それはハエの羽音のようにも
予測しがたくそして
守りがたい宇宙であり
余りにもぼくらを不足させて
罪と罪ほろぼしに駆りたてる
輝かしい野茨なのだ
それは失われるための名前

おお　愛刑の執行者よきみよ
ぼくらが駆けてきたそれぞれの季節に
恋の符牒をつるせ
恋唄のト音記号を記入せよ
荒野にさらされた腐肉と
悔い改めないハエどもの胸当に
軽蔑のながし眼を与えよ
きみの名づけられない欲望に
ぼくと出会った日の日付を書きこめ
このようにしてまたもぼくらは
たったかたったたか駆けてゆくのだ

婚約

ぼくたちのクリーム色の冬
飴色の春
ぼくたちの重油の夏
紫色がよく似合う秋
ぼくたちが生きてきたさまざまな季節の碑銘は
あの自然のただなかの家の
切子ガラスのなかの病まない父祖たちや
岡や野原のけものたちが
深まりゆく冬にいらだちながら
契約書の灰を吹きこぼしたり
鉛筆を立てたりして
幻を見た馬のように一散に
逃れていった風景画の
余白に書きこまれなければならなかった
想いだすがよい
眼をとじれば観念の手も届かない
陽射しの下の冬の岡で
すべてを憎みながら立枯れてゆく
樹木の非情な天才性を愛したぼくたちが

はかりしれないやさしさで結ばれていたことを
神々の曲線をまとい
夜の傾斜をずりおちる
マキ　おまえは鹿か
そんなにもやさしい踵で
困苦の舗道を蹴ってゆく
ああしかし愛のことばを積みあげていって
その上になお残るあお空
その空のさらにむこうでどよめいている
あのさわれないかたちをしたものは何なのだ
いま数えることのできない歳月が
振りあげたまま差押えられた拳のように
愛と冥府の水平線に沈んでゆく
と照らされるきみの額に
鮮やかな楔形の文字が浮かび
解読できない綴布のやさしさにも似た
古い約束が秘められている

ぼくたちはもう簡潔な文体でいえるだろう
「愛もまた一つの歴史であった。それはぼくたち
の子供のための歴史である」と

新婚

ぼくたちの背中の地図の
どうしようもなく青い地帯に
日は昇り日は沈む
閉じられた瞼のうらの
名づけられない伝説の村にも
百の日が昇り千の日が沈む

雨だろうか
吐息だろうか　それとも
記憶の木洩れ日だろうか

ぼくの視野を銀色におおいながら
一枚のタブロオが降りてくる
六月はじめのとある晴れた昼
夏には珍しく冷たい空気に
飼われ育ちゆくけもの
（ぼくは今、愛に似ている）
と思ってしまった　マキ
このようにしてぼくたちの旅は
帰りのない旅
シャンパンが鳴り
白金色の朝のしずくが
ひやっと花をふるわせて
船が港を出ていってしまうと
ぼくたちの胸はふいの倖せに満たされる

たちあがる夜明けの気配は
きみの華やかな海峡にあふれ
どんなカーニバルよりにぎやかな
ぼくたちの祭の唄は
きみの海の測深儀で計られる
ああぼくたち　接続詞のいらない関係
傾く耕地の内陣に指のチョオクで数字をえがき
にく色のカーテンを開けると　めくるめく
日のきらめき
ぼくたちは何度泣きぬれてこの朝の小路を
ほとんど風のように吹いていったことか
しかし今朝
湖は誕生の前の輝きをたたえて
松の枝ごしに（こんなところに松があったのか）
ぼくたちの罪の額を
黄金色にはじくのだ　ぼくたちは
行こう　この夏のもえる花芯へ

蛇の穴

そしてあらゆる不在の証しが
きまじめな祝祭の司直にゆだねられるとき
野獣ばらはうれいをおびて
あさまだきの闇にぬれるがいい
（ぼくはといえば）
石のような眼と石の眼のあわいに
緑色の膣垢をなみだのように耀《ひか》らせて
きょうもまた日帰りの旅に発つのだ

ああ　わが存在のなかまたち
翳のない記憶の丘に
野樹の目ざめはたたまれてどこまでも
どこまでもつづく蛇の穴

朝へ陽よりも烈しく攻め入った闇に
きみの眠りは寒いだろうが
日帰りの旅のいのちを
たずねたことがあっただろうか
（ぼくはといえば）

夜から夜へ語りつぐ石の伝説
古いものからさらに古いものへ
廃墟の小禽は死のすべてを語りつくした
その向うに音のようにひろがる空を知らない
きみだったろうかそれとも
きみだったろうかぼくたちの
だるい朝の森をぬけたのは
きみは悲惨のおもかげすらない

ほとんど啓蒙主義的な日の暮れどき
伏目がちにぼくは近づく

老い草の根に
そして凡ゆる不在の証しが
旗のようにひとつの砦をかこむとき
陽をあびた灰色の小石の中で巣をつくる
そのときぎみはどこにもいない

海へ

遠く海の方位に
灯がまたたいている
何かの生まれる気配がしている
散文的なロシアの詩人と
悪意の橋を渡りながら
火について話した　誕生の前の
母の胸の固さについて

ああ　愛する人
ぼくらの悲哀はあまりにも固い
刹那的なセスナ機の
後尾灯はあまりにも暗い
海があり　潮騒があって
眼と耳は　しかし何を感じることができるだろう
ぼくの　愛のためにめくれあがった唇は
きみの　愛のために熱い耳たぶに
くりかえされた睦言をもう一度くりかえすほかに
ぼくの愛するひと　何を伝えることができるのか
遠く海の方位に
見えない声がひしめいている

きみの明るすぎる瞳に
ぼくの瞼を貼り合わせて
ただわけもなく笑いこけたあとに
聞こえない翳がどよめいている

愛するひと　ぼくらはまず眠るのだ
眼がさめたら
あの散文的な詩人を殺しに発とう
海へ　むかし母だったものの胎へ

冬の旅・終りの夏

ぼくはカーテンを開けて海をみる
いつもの海
きみの腹のなだらかさ
のむこうにひろがる死のまだら

ぼくは眼をあげて問う
　アナタハ　ジツニ　容易ナ　ヒトツノわーくヲ
イママサニ　ハジメント　スルカ

　ソウ　コノ女ノ　腹ヲ　セッカイシテ……切開
セント　スルノデアル
　ワカラナイ　ナンノコトデスカ　ナゼ　ワタシ
ノ妻ハ　アナタニヨッテ　ソノ腹ヲ　切ラレネ
バ　ナラナイノカ
　困ルコト　アリマセン　少シノコト　オワレバ
アナタハ　アナタノ　オクサンヲ　ダクコト　デ
キル　デアロウ

沈んでゆくぼくの夕陽の視界から
海は金色のこなを散らしてたちのぼる
アルペングロウは醜悪すぎる眼
メロンは卓上の朝である
　　　　　　　　　マキ　いとしいこと
についてのみ　ぼくは語ろう
きみがかつて街かどの女王であったころ
コーヒーはぼくらの愛

であったシュプレヒコールひょうひょうと
街の内臓をわたり　どんな非議も作戦も
ついていけない冬の旅

マキ　かなしいこと
についてのみ　ぼくは語ろう
カーテンを開けると海がみえる
いつもの海だ
きみの腹のなだらかさ
そのむこうに　ぼくらの生まれなかった
おびただしい胎児たち

詩集『カナンまで』全篇　1966-1973

夏の終りに

夏の終りに
詩を書きに
きみと二人で
富士五湖めぐり

ひとがひとつの季節と頒ちあうものは
しばしば密かな愛に似ている
それはいつも不足していて
その分だけ　いつも余分だ
ぼくはいま
愛からも労働からも遠く
言語からはさらに遠く
ある季節の死に立ち会うために

夏の終りを旅しているのだが
どこへ行っても
時の水際が見えないのだ
ただひとつ　はっきりしていることは
ぼくたちの暑く長かった季節が
いまいこうとしていることだ
マキ　ぼくたちの
夏が逝ってしまうのだよ

精進湖は雨で
きみの蹠より白い湖面に
おびただしいミジンコと
ミズスマシが群れていた
きみは美しかった
ぼくはこの十年
つまりきみを愛してから
精進も潔斎も
したことがない　ぼくは
きのう昇進し
きょう多くの書類を決裁した
だが　詩は書かなかった

西湖はくもりで
植物の群落が風に吹かれていた
ドウダンの芽はうす桃色
きみのクリトリス
あれから長い時がたち
ぼくはたくさんの言葉をおぼえた
金鳥の夏　日本の夏
味なことやるマクドナルド
お降りの方はブザーでおしらせください
だが　だれもブザーを押さず
ぼくは詩を書かなかった

本栖湖は晴れで
きみは風邪ぎみ
知らない森の葉がくれに
白い雲がちぎれて飛んだ
ちぎれちぎれに飛んでいく
一秒間の永遠
きみはいつからここに栖み
ぼくはいつここを過ぎたか
土産物店の女主人のエプロンの下の
スカートの中の茂みはなぜ
そんなに昏いか　なぜ
文明の傷口はそんなに匂うか

山中湖は夕映えで
宵の浅瀬を渉ってきた風が
きみのうなじで死にたえた
などと　なぜ

言葉はぼくを裏切るか
西湖はなぜサイコで
山中湖はサンチュウコでないか
なぜ愛は食べられなくて
カレーライスより貧しいか

河口湖は夜で
ぼくたちの旅は終り
わが思念の川の河口を
音立てて流れていった歳月のことは
指折り数えてみるまでもない
ぼくはいつも
愛の過剰でいっぱいだったが、
ついに季節の歌はうたわなかった
マキ　澄んだ声音でうたっておくれ
《夏の終りに
《詩を書きに

木洩れ日のなかで

きょう
木洩れ日のなかで
木について考えた
ぼくたちの
記憶の庭の冬木立は
きのうから影をなくした
木枯しがこずえを鳴らし
しぐれが枝をぬらした

きみの生まれた北の国では
黒犬の瞳のようにくらい空から
くる日もくる日も
暗い雪が降りしきり
木はやがて雪に埋もれた
きみの眼のくぬぎ林を
黒い鳥影が過ぎた
きょう
木洩れ日のなかで
それらの木について考えた

低温実験室で
動植物の耐寒実験を見たことがある
動物は三日目に凍死したが
植物はしぶとく生きつづけ
翌春には芽を出した
けものたちは走ることができるが
木は動けない
鳥は空を飛べるが
木にできるのは耐えることだけ
きょう

木洩れ日のなかで
その一本の木について考えた

マキ
ぼくたちは冬にもどらねばならぬ
茨のとげをよみがえらせ
あられの鞭をよびさまし
葉のさざめきをたたきつぶし
だしぬけに　急に
木枯しの笛を吹き鳴らし
静けさを去って　この
木の葉の吹きよせを越えてゆこう
きょう
木洩れ日のなかで
木について考えた

兵士の休暇

一九七二年一月二十四日
グアム島南東部　タロフォフォ川上流の
パングローブとヤシの林で
帝国陸軍輜重隊伍長ヨコイ・ショーイチ
二人の原住民に発見され
逃走を図るも捕えられる
小麦袋を身にまとい
髭と髪は伸び放題
裸足の蹠はヤシガラより堅く
だが顔色はあくまで白く

出迎えたのはグアム島知事カマチョ氏と
クィンターラ警察署長

島のことばで〈ようこそ〉を何というのか知らない が
ヨコイの第一声は単純な一個の感嘆詞〈オー〉だった
その名もウォー・メモリアル病院で
髭と髪を剃り落とすと　その下から
哲学者のように計算高い仕立屋の顔があらわれた
そのとき髭と一緒に剃り落とされたのは
帝国のまぼろしか
ましらの夢か
地元紙パシフィック・デイリー・ニューズは
〈今世紀最大のインポシブルでミラクルな物語〉と 書きたて
毎朝九時に登庁するカマチョ氏は開口一番
〈諸君おはよう。ところでミスタ・ヨコイの具合は どうかね〉と叫んだものだ　なぜなら
ヨコイは早くも文明のやまいを病んでいたので

その朝ぼくは
練馬区富士見台の石油ストーブのある応接間で
十二年前に同じジャングルから帰還した
二人の男に会っていた
上等兵ミナガワ・ブンゾーは
哀しく語尾のはねあがる愛国者
〈天皇陛下がおかわいそうで……〉
兵長イトー・タダシは人称のどもり
〈わわわたくしは……、かかかれは……〉
だが　かれらは要するにサラリーマンで
だが　かれらは要するにお父さん
語ることはといえば　給料と勤務時間と
酒を飲むか飲まないか
たばこを吸うか吸わないか
一週間に何度するかしないか
要するに　ぼくたちと同じ

グアムの首都アガナから東京まで
パン・アメリカン機でちょうど四時間
それから十二年間の暮らし
十二年と四時間のインポシブル

その夜ぼくは新宿のレストランで
舌平目のムニエルと仔牛肉のシチューを食べ
ジャングルの食生活について語り
仕事をし
電車に乗り
地下鉄の駅の階段で
ミニ・スカートの娘に想いを寄せた
夢は見なかった

土用波

きみがやってくると
ぼくは風のかたちにたわみ
樹のように汗を流した
漿水あふれる午後三時
しわよるシーツの波はしばしば
ぼくたちの夢の砂地をひたし
その下に埋められた季節のかけらを
瓶のように洗い出す

夜が時の浅瀬を渉ってきて
きみのうなじに虹をめぐらし
なだらかな髪の河岸段丘で
時の落葉が腐りはじめる

耳の岬の突端に土用波が打ちよせ
声にならない想いの潮が
ゆっくりと傷口をぬらす

忘れないでほしいのだが
陰陽五行説によれば
春は木の
夏は火の
秋は金の　そして
冬は水の支配下にあって
なぜか
土には季節がない
ぼくたちの木の春
燃える夏
ぼくたちの金色の秋
凍る水の冬
だが土には季節がない

きみがやってくると
ぼくは波のかたちにたわみ
土のように汗を流した

いこい
――ゴーギャンの絵に寄せて

いこいは
ぼくたちの国では
たばこの名だが
タヒチの島では
ひとりの黒い男と
ひとりの灰色の女の
熱い休息の名だ

いこいは
遠くの裸婦と
眠っている赤犬と
皿に盛られた干しブドウとを
一直線につらぬく
光と風だ

こどもたちはいない
かれらは海へ行った
太陽と波がたわむれる渚
老人たちはいない
かれらは山へ行った
太古が眠る森と湖

男がいる
男の妻がいる
男と妻は重なっている

よく見ると　男の耳に乳房がついている
褐色の大きなイヤリング
よく見ると　男の股間に毛がはえている
あからさまな情事の沼地

静かに時が熟れる
こどもたちは帰ってこない
老人たちは帰ってこない
だが　こどもたちは帰ってくる
だが　老人たちは帰ってくる
そして男は年をとる
そして女は年をとる

木婚

五月の雨にたたかれる

きみの眼のくぬぎ林に
若草色のしずくが宿り
終齢幼虫の透った翅のように
二枚のまぶたが閉ざされるとき
千七百二十五日の日と夜とを
さかさまに写して
夢のフィルムが燃えあがる

海岸通り三丁目の関税倉庫に
ぼくらの眠りはたたまれたまま
夢のまゆはほぐれてこない
マキ　きみはきみの何によって
ぼくの〈不在〉を証明できる?
ぼくはぼくの何によって?

だが　愛するものよ
幼年がちいさな少年ではなかったように
大人はおおきなこどもではない
ぼくらの生まれなかったこどもたちは
だから
夢みられたちいさな死なんかじゃない
それは〈存在〉のなかのおおきな死
見ひらかれたまぶたのみる
たったひとつの夢

マキ　ぼくはきみが好きだ
きみの馬鹿正直　世間知らず
きみの甘ったれが好きだ
たとえば五月はじめの
とある晴れた真昼
きみのうなじを吹く風が好きだ
そしてぼくらはまだ眠れない

井戸

死者にしか似つかわしくない
季節の井戸をひといきに
ぼくたちは駆けおりる
喉元あたりでうすく目ざめ
気管支の闇でみじかく叫び
午前の腹で反転し
おお
性器は食われるために存在する

おびただしい記憶の酢を関節にみたし
重ね写される空をあざむき
欲望のジッパーを棒のように引きおろし
見えない星座を洗い出す

けれど　何とおだやかな
ぼくたちのクライマクス
マキ　きみにぼくの来歴が見えるか

そのとき
腕の長さより遠い空から
父の血したたり母の血流れ
ぼくたち青い歯刷子を固くこすりながら
季節の深い井戸のなかで
あふれる朝を浸しきるだろう

予兆のとき

詩を書くためには
一本の鉛筆と
わら半紙を紙こよりで綴じた

一冊のノートがあればいい
きみがいなくても日は東から昇り
ぼくたちの日常に似た正確さで
朝凪と夕凪がある——

ああ　しかし
街路樹の枝のしげみを
スコールよりもすばやく
血縁の梁が落ちていくとき
やさしくやせたきみのうなじに
予兆のようにほくろが宿り
ぼくたちの部屋は一瞬
死水のシャワーにつつまれる

ぼくたちが生きてきた
さまざまな季節のつなぎ目に
眠り子貝の群落がすみつき
悔恨に似た水平線が
差し出される腕のかたちにたわむとき
きみの閉じあわされた瞼の岸辺を
帆のように過ぎていったものは何か

鏡に血がにじんでいる
凶事の時はもう始まっているのかもしれない
マキ　こんな日だった
ぼくたちの最初の夜が始まったのは
だから
ぼくたちはまず眠るのだ

蝶のゆくえ

——靉光《あいみつ》*の絵によせて

AI-MITSU　きみはその名のように

愛の雲の輝きにみちて
きょう　ぼくたちの心をとらえた

たとえば聳立する一輪のPenis
たとえば底ごもる盲目の合唱
蝶　そのあくまで蒼い飛翔の伝説
きみは鯛とも鰡ともつかぬ
怪魚のまなざしで世界を視る
きみにはみえるか
ぼくたちの負系の針が
深海魚の眠りの重さが

AI-MITSU　きみはその名のように
雲を背に光を踏まえて立っている
ぼくたちはあいみたがいみ

たとえばするどく闇を裂く叫び
たとえば朝の鏡にうつるうすあおい恐怖
母の痛みとともに始まるその涯しない持続につい
て
きみはどんな対案をもっているか
たとえば胎内に自生する時代感情の蝶
そのあくまですきとおった悲しみのかたち
きみはあすの陥没湖に向かって
虹のように血を流すほかに
どんな対案をもっていたか

だがやがてきみは知るだろう
ぼくたちのあらゆる対案の向う側へ
翔んでいったもののゆくえを

＊　靉光は昭和前期の洋画家。その作品展が一九六七年十一月一日から五週間、鎌倉の近代美術館で開かれた。

遠景のなかで

人はいつでも
遠景のなかで行為する。
村の寂寥を渡ってきた農夫の肩に
楓のように繁殖する疲労は
その夜
妻の子宮で発癌する。たとえば
生きることの苦しさに関する論文の冒頭はいつも
諸君、皆さん方というような
丁寧なことばではじまっている。そして
押し黙った河の岸辺で
ひとつの世界が粘液質にたわみ
ひとつのやさしいフォルムにとけていく夕暮れ
人は遠景のなかで行為をやめ
釣竿をたたみ
愛のように他人を欺き
手足を切りとり
傷口をしゃぶりながら　家路につくのだ。
遠景のなかで
たとえば喉にささった針の痛みを
やさしいしぐさでまぎらわせながら
確かな足どりで家に帰るのだ。

風のなかへ

きょう　ぼくたちは
青葉の木洩れ日を拾いながら
風の山下公園を歩いた
五月の廻廊を南へ二キロ
夏の喉元を熱烈に通りすぎた

波止場は風のにおい
風は海の色だった

けれど
日射しがきみの髪をゆすぎ
ぼくの眼の床に欲望の潮がみちるとき
ふいに凍りついてしまうぼくたちの影
音のない夢の保税上屋に
おびただしい記憶の不可視部分が陸揚げされ
比喩の暗礁はいぜん諧謔を呑みこんだまま
一枚の入国許可証のように
ぼくたちの死はたたまれる

はげしく走ったぼくたち
くりかえし組合わされたぼくたちの指
ぼくたちの愛のために熱くなった耳たぶに
そっと顔を近づけると

きみのまぶしいまぶたの岸辺に
枝をひろげた林がみえる
マキ
澄んだ二つの母音を
香のように焚きこめて
ぼくはこの夏の子午線上を
一直線に落下する

風はきみの髪の
青葉の炎を燃えあがらせ
ぼくの胸の波打際に
不安なアフタービートを打ちつづける
それは新しい恐怖のしるし?
リリカルなリンゴ
熱い汗
もうすぐだ
あと一息で朝がくる

口伝えられた父系の伝説に
朝焼けのような血がにじむ
しなやかな肉体と
強靱な夜の詩法を
ドラのように打ち鳴らし
ぼくたちは船出しよう
この五月の凪のなかへ

海または殺人の擁護

ある朝　きみは
あかつき闇に眼をこらし
迫りくるものの影におびえた
霧深い思惟の池には
紫色の鮒が眠り
クロッカス薫る窓には
青い羽虫が翅を休める
きみの眼のなかで
海がふきこぼれる
闇を闇として
許容することを知らなかった
ひとが殺される　さむい朝
泥濘は青空をいただいて
その髪のローム層にひろがる

きみのクリトリスが
夜明け前のピンクから
血の色に塗りかわるまで
拝跪して　ぼくは祈る
海であれ殺人者よ
それがきみの手に余るなら
きみはあの悪漢小説《ピカレスク》に出てくる
ありふれた殺し屋　哀しく語尾のはねあがる

地主の裔の悪意にすぎない
海は海賊たちの自由の版図
殺人者たちの誓約の酒場なのだ
だから　日暮れには
競馬《ダービー》の情報を交換し
母たちの精神的な家系について語り合おう
海であれ
殺人者よ

無言歌

ラデツキーでもなく
インターでもない
あれは何だったか
ぼくたちの
最初の出会いを演奏したのは

街角の小さな喫茶店でコーヒーを飲みながら
バッハのカンタータを聴いていたとき
そこに二人がいることが不思議に思われて
ふと取り落としてしまったシュガー・ポット
散乱したキューバの浜に
ひとさし指で
きみのイニシアルを書いていると
《わたしはやさしい羊飼い》が終り
その上の静寂の棚に死者の声が
ごつごつ並んでいる非現実を
どうしても破ることができなかった

眼をつむれば
網膜の裏の細道を
ひと気のない軍勢が
アルネー山脈へと続いていく
そのなかに

汗の色した一つの顔がありありと
だがためらいがちに進んでいく
白塗りのサンダーバードがほしい
といっていた一級上の同盟員は
《黄昏に沈む議事堂長く長く
《斧もてる若者らうなだれて過ぐ
という詠人不詳の歌を残して
首を吊って死んでしまった

そして不思議にもきみは一人だ
砂漠にはサボテンが生えラクダが通る
そして不思議にもきみは一人だ
ぼくたちの長い長い無言歌のあとで
しめやかに吹奏される送りの楽も
一人できみは聞くだろう
たじろぐなかれ
闘士にはいつでも陽が眩しいのだ

吊り下げられた死者の足に
うるさく蠅がつきまとい
風化していく時間が小さな海を埋め
きみの形のいい臍にうっすらと老いがしわより
何もかもこの大きな逆説のなかの
一つの他愛ない挿話として残るだろう
そのときまで
きみが繁殖させる小さな群れに
わが胸に小さく揺れるランプを授け
夜明けとともに
さよならもいわずに去って行こう

詩人が死んだとき

ガラス玉をいっぱいにつめた

ドラム缶をころがすように
緋色の喚声が夜のしじまをいっさんに
堕ちていった
というのは嘘だ
詩人が死んだとき
射こまれた喉笛がひっそりと仆れる

重ね合わされた幾百の瞼から
透明な時がとめどなくあふれ
まつ毛の松の枝ごしに
虹をたたえて朝がやってくる
というのは嘘だ
詩人が死んだとき
かなしく語尾のはねあがる
地主の裔の舌が干上がる

おおあまりにも愛
されているものよ
おまえの耳
おまえの耳たぶ
おまえの爪
爪のなかの汗のしずくよ
また踵《かかと》よ蹠《あしうら》よ
やわらかな谷間にみちる暑熱の論理よ
踝《くるぶし》にきらめく叫びよ　ひしめく光たちよ
おまえはあまりにも愛されているので
愛そのもの　この遠い処刑を
この世でいっとう肝腎な訣れを
知らない
というのは嘘だ
詩人が死んだとき
おまえは知るだろう
唇はいつも歯の敵だったことを

球形の真昼　鳥は影もなく
肋《あばら》の内陣で
父の午睡が腑分けされ
巴旦杏の眼が発芽する
というのは嘘だ
詩人が死んだとき
開かれなかった瞳が盲いる

リルケは彫心鏤骨の思索のはて
《われわれが地上に存在するのは
《おそらくは語るためなのだ
とぼくらに告げた
リルケは偽善者
詩人が死んだとき
語られなかったことばが夭折する
語られなかったことばがはじまる

乾いた夢

起きぬけに夢はぬれていた
三丁目のバス停のそばに
透明な神さまがいるような気がして
角を曲がると夕焼けがあった
母はいつもいっていた
学校の裏の坂道に知らない花が咲き乱れ
沈丁花の根もとから旅人が立っていく
おまえは死ぬんじゃありませんよ
するとどこにもいないのだった神さまが
ではなくぼくの夢が
専一に木のようにやせて
走っていく夕陽のはてに
人はいつもいないのだった

さよならぼくの死んだ人
あなたはいつか孤独なおもかげ
クギのようにひとつひとつ
ぼくたちの死は拾われる

森の唄

なれた手つきで
何度か埋葬されてきた
六月のあとの雨期
指をいっぱいに拡げた直径の穴に
いつでも過不足なく
確実に埋葬された
その意外に乾いた重量と
ひたいにすでに親しい体積

森の年代記の最初のページは
死に飾られた枝
二ページは
棺のように沈み
三ページは
地の淋巴はれ
四ページ
おれは闇のなかを商人のように這う
五ページは落剝
六ページは地球が火事になる
七ページ父よその胸郭深きところに
梁からみ合う暗い家が見える
八ページ枯草の根に
九ページ蛇の穴

なれた手つきで

何度か埋葬されてきた
その意外に乾いた重量と
ひたいにすでに親しい体積
十ページ棺の犬
十一ページ水づく屍
十二ページ死に飾られた枝

カナンまで

六月の雨にたたかれる
街々の曲り角を
ぼくたちのシュプレヒコールが
コニャックのように熱烈に
ずり落ちていくとき
きみの奪われる欲望は
どんな瞳の色で表わされる?

金曜日のつぎの土曜日
きみは肌色のストッキングを
花のようにはためかせながら
橋のたもとの月販デパートへ
どんな愛の瓶詰を買いに行く?

雨のあくる日の晴
水滴のくっついた切子硝子の内側で
お互いの皮膚をめくりながらぼくたちが
寒い予感にふるえているとき
ふいにふきこぼれてしまう
ガスレンジのスープぼくの汗
びっしりとささやきがたちこめている

ここは荒野　マキ
遠い物語のルフランのようにぼくたちが

六月について語ることは
あまりに邪悪だ
風が故郷の小川をゆするように
どうしようもなく排卵してくる
この荒廃に杭を打て
もうどんな拝火教徒も平和も
この門に入れるな
ぼくは日付のない年代記　きみは
かつて丘陵をめぐる風紋だった女から
ここまでやってきた
ぼくたちのカナンまで

詩集『風の距離』全篇　1974-1976

1　旅にしあれば

分水嶺

岡山から伯備線で
中国山脈をのぼっていくと
新見をすぎたあたりで
高梁《たかはし》川の流れが変わる
そのとき　きみは
陽の国から陰の国へ
三途の河を越えたはずだが
一天にわかにかきくもらず
夜の底さえ白くならない

きみの眼には
時の水際が見えないように
空のしきりも見えないのだ
たとえばきみは
果物の皮を剝く女を見て
きみの妻がいま東京で何をしているか
を思い出そうとするが
きみの眼にうつるのは
連翹の花が散りかかる
黒く湿った土ばかり
だからきみは可能なかぎり
あらゆる見えないものを記憶せよ
空のへりが一枚めくれて
新しい風が吹きはじめるのは
それからのことだ
つぎはホウキダイセーン
はて　ダイセーンとは

どんな神の名だったか？

蓬萊曲

これは心の庭だ。遠い中世紀はまだこんなところに残っていて私たちの眼の前に息づいているかのようでもあった。

島崎藤村

きみは蓬萊を見たか
石州医光寺の雪舟の庭で
きみは蓬萊の笛を聞いたか
大明国裡に画聖なし
ただ山水のみ在りて
師とするに堪へたり
と言った男のかなしみを
きみは聞いたか

滝蔵山の枯滝を
悔恨のように流れ落ちるものを見たか
須弥山に陽はあふれていたか
春ならば左岸のさくら花ふぶき
秋ならば右岸のかえで血のしぶき
鶴池の亀石の三尊石の木下闇に
生きてうごめくものを見たか
旅につかれたきみの耳に
あのわらべ唄は聞こえてこなかったか
《ええもんやろう
《医光寺の門やろう

石州医光寺の心の庭で
きみが見たものは何だったか

追分

みぎ　しなの路
ひだり　かひ路

一九一七年十二月某日
ロシア帝国ペテルブルグ
現代サーカス劇場の寒い桟敷で
レフ・ダヴィドビッチ・トロツキーは
光を求める民衆に告げた
わたしは　ただひとつの言葉
ただひとつの国語しか持っていない
それは革命の言葉である
そのとき嵐のような拍手が起こり
雷のような喚声がとどろいた

と「真実《プラウダ》」は伝えている

それから半世紀たった五月
きみの三十二回目の誕生日に
きみはひとりの女に告げる
ぼくは　ただひとつの言葉
ただひとつの日本語しか持っていない
それは愛の言葉である
だが嵐のような拍手は起こらず
萱草の葉末がほそく五月の風に鳴るばかり

かつてきみたちが
いくぶんの敵意と憐愍をこめて
「トロツキーの息子たち」と呼ばれていたころ
きみは言葉を知らなかった
革命と愛の文法を知らなかった
きみが知っていたのはただ
それらの言葉にまつわる深い哀しみと
その哀しみを生みだした井戸の深さだけ

いまきみは
多くの言葉を知っている
革命と愛がひとつの語源を持つことを
いずれにしろそれらは影のない抽象名詞にすぎな
　いことを
一本の木のようにあざやかに
きみは知っている
だが浅間嶺に煙は見えず
馬子唄の譜も聞こえてこない
きみたちはただ言葉もなく出会い
そして分れた
信濃追分の分去《わけざ》れで
きみが出会ったのはたしかにひとつの言葉だが

そこできみと分れたのは
すでにだれの言葉でもない
そのとき　きみは
きみのなかを吹くひとつの風と分れたのだ

みぎ　しなの路
ひだり　かひ路

多摩

ほら　あれがジラフ
絵本に出ていたキリンより
ちょっぴり太くて無骨だが
ちゃんとアフリカのにおいがするだろう
もちろん
いくら背伸びしたって

自分の生まれた国は見えないさ

お尻の赤いのはサルで
脱腸をわずらっているのがチンパンジー
うさんくさげにこっちを見ているのは
山からおりたマウンテンゴリラだ
人間さまに近づくにつれて
だんだん陰気になっていくじゃないか

そうさ　あれはやってるところ
そんなにはずかしがることはないよ
おまえだってああやって生まれてきたんだ
ただ人間は
いいことをするときも
わるいことをするときも
ひとに隠れてするだけのことさ

象はいつだって悲しいし
ライオンの眼は遠くを見ている
ヒグマが大きいからといって
おどろいちゃいけないよ
北海道は大きいし
サケには栄養があるからな
ぐるっと廻って疲れたら
フラミンゴみたいに眠れ

出雲

やくもたつ
いづもやへがき
つまごみに
やへがきつくる
そのやへがきの
かやのはしらのおくふかく
かよひはじめて
かんなづき
おらはすさのを
すさぶるをとこ
なんぼおまへがおろちでも
よもぎたんぽぽさくうちは
こしのつるぎはなへやせぬ
やくもたつ
いづもやへがき
つまごもる
そのやへがきの
いぬふぐり

遥かなる旅

きみは
遠い国からやってきた
霜のきびしい冬の朝
ぼくの見知らぬ　だが
ぼくの血脈が通じている
あの北の霧の領土から
きみはやってきた

ぼくたちはいつも
夢のなかで出会ったものだ
ぼくたちは何も見ることをしなかったし
どこへも行こうとはしなかった
ぼくたちはただ塔のようにそこに立っていた

なぜなら
世界はいつだってぼくたちほどに大きくはなかったから

だが　ある日突然
きみは理解する
きみの心の奥底にひそみ
ときおり出発をしいる
遠い声のことを
朝の鏡にうつるうすあおい恐怖と
きみの誕生とともにはじまる
そのはてしない痛みについて

そしてふたたび
きみは出発する
シャンパンが鳴り
滑車が回る

けれど
きみがどこへ行くか
だれもしらない

2　ただこのように

風の距離　佳以に

この透明な
朝のかなしみの波うちぎわを
帆のように真一文字に
駆けぬけていった
あれは
きみの最初の声でなければ
どんな神々の流竄なのか

わたしはいま
きみがここにいないという
ただひとつの理由で
こんなにも深く罰せられている

小さな神よ
おぼえておくがいい
きみが生まれたこの国では
海にさざ波の立たぬ日はなく
空に草ひばりのうたがやむこともない
だが
父のこの胸の奥には
枝をひろげた暗い森があり
母の乳房の谷間では
火の魚たちが泳いでいる

おさないものよ

顔をあげて
風のなかをあゆめ
うつむきがちの夕陽から
あしたの雨をぬすめ
その雨の一粒ひとつぶに
きみが生まれた時と所を記入せよ
いつかどこかで
もうひとりのきみと出会うために

この薄明のしじまのなかで
襤褸のように鳴りわたるのは
だれのこころか
声の記憶に想いをかさね
わたしは遠く
風の距離をまたぐ

驟雨のように

しめしあわせたわけでもなく
偶然というわけではむろんない
ある日突然
驟雨のように
きみはやってきた
うつぶせの記憶のむこうから
たそがれを大きく迂回して
泥濘が青空をうつしてしずもる
この夜更けの土間へ

そのとき一瞬　時はとまらず
世界も息をひそめなかったが
足もとで繊く霧がふるえ

恩寵のように食卓が鳴った
あれは
二月の風の音でなければ
いずこの神のくしゃみだったのか

ある日突然
驟雨のように
わたしにきみがはじまった

鬼

《葱を切る
《うしろに廊下つづきけり
という槐太の句を誦《ず》しながら
葱を切る
うしろにきみが立っていて
葱を切るときは
そう切るのではなく
こう切るのだと
うたうようにいう　だが
ぼくの育った出雲では
葱を切る　とはいわなかった
葱は生《は》やすものだった
《其後は御爪をも生《は》やさず
《御髪をもそらせ給はで御姿をやつし*
うしろ髪をひかれる想いで生やすのだと
大根を切る
といったかどうか
もう忘れた
なにしろ古い話だ

葱を生やす
母の背後には暗く長い廊下があって

竈《くど》のすみに
鬼が一匹棲んでいた
しかし　ここには
振り返るべき廊下もなければ過去もない
お湯を煮立てて鰹節をけずり
豆腐と味噌を入れれば
さあ　出来上がり
飯がすんだら
「コーザ・ノストラ」を見に行こう
ぼくたちの鬼をさがしに

＊「保元物語」

沙羅双樹

沙羅双樹の花を見てきた
白い花だった
金色の和毛《にこげ》につつまれて
六月の雨に濡れていた
濡れながら鈍く光っていた
釈尊の涅槃に入るや時ならぬ白花をひらき
二双樹は各々一樹となりて林を蔽い
樹色白変して悉く枯れはてた
というあの白い花だった
わたしが見てきたのは
たしかに沙羅双樹の花だったが
そのとき涅槃に入ったのは
父よ　あなたでなければ誰だったか

沙羅双樹の花を見てきた
白い花だった
雨が降っていた
雨は小止みなく降っていた

東方の双樹は常と無常に
西方の双樹は我と無我に
引き裂かれたまま時がとまった
とまったままの時の木蔭で
わたしはひとり立っていた
あなたがすでにここにいないという
ただそれだけの理由で
わたしは雨に濡れていた

沙羅双樹の花を見てきた
あるいは夏椿の花だったかもしれない
いずれにしろ一本の樹が双樹と呼ばれるとき
たった一つの涅槃とは何か
沙羅双樹の花の色を
あなたはどこで見ているか
そこにも雨が降っているか

珈琲讃歌

黒く苦きものよ
おまえは
エデンの東の曠野《あらの》に生まれ
歴史の夜明けとともに花ひらき
アラビア海の朝焼けのような
赤い漿果につつまれて育った
アダムとイブの熱い汗
そしていま
はろばろと
アビシニアの永い眠りからさめる
アーダ・ヤッハ・ハオ

暗い夜を逃れきて

ふたたびおまえにめぐりあう
このひとときの安息よ
おまえはいつも
おまえをつつむものに身を添わせながら
ひかえめに
だがきっぱりと
いちにちの可否を問う
白い花と赤い果実から生まれた
黒い時の娘よ
チバサの丘の婚礼のように
おまえに熱いくちづけをおくろう

反《アンチ》・異邦人《エトランジェ》

きょう、ママンは死ななかった
わたしは休暇をとらなかった
いつもの時刻にめざめ
いつもの青いネクタイをしめて
いつもの電車で会社へいった
鉄と石の砂漠には
太陽のシンバルの音はひびかず
眉毛に汗はたまらなかった
空から海へ
エーテルのようにふりそそぐものもなかった
だから
というわけでもないが
わたしは人を殺さなかった
そのかわり自分を殺した
三度ばかり
階段の踊り場で
社員食堂の入口で
課長のデスクのわきで
棒のようにしばし

殺意のジッパーを全開にした
だが　わが心のあだし野に雪はふらず
にがよもぎの香りも立ちのぼらなかった
ただ、睫毛の果ての海が一瞬
通り雨のようにかげったただけだ
けっ、異邦人！
名前のなかに一個の死と太陽をもつ男ムルソー
おまえはいったい何をしたか
下層植民者《コロン》の傲慢を武器に
おまえよりもっと貧しいアラブ人を殺したほかに
栄光とは過度に愛する権利だとつぶやきながら
女のはだかを抱きしめたほかに
おまえのしたことは何だった？
ん、不条理？　反抗的人間？
ガリマールから本を出した男の？
ムルソーよ
すこし冗談がきつすぎやしないか

ぶっちゃけた話
すべての栄光はおまえのものだ
おまえの肉体はアルジェの日に照らされている
おまえの毛穴からは脂肪がふきだしている
おまえは大地に祝福されている
ところでこのわたし
名前のなかにただ一個の死をもつ男は
きょう、アラブ人を殺さなかった
マリーと寝なかった
死刑を宣告されなかった
わたしが宣告されたのは
殺さないこと
寝ないこと
裁かれないこと
そして死刑を宣告されないことだ
だが、わたしは殺される
日々殺される

日に二度も三度も
時には五度も
だからわたしは
怒りの銃床のすべっこい腹をまさぐる
腹の上に悲しみの石を積みあげる
そして自分を殺す
きょうも三度ばかり
わたしは殺した
わたしの海と太陽を
石のなかの光と風を
この海の大いなる放蕩を
だが、わたしは異邦人ではない
だが、わたしは異邦人ではない

朝の市民

朝
私は市民
市民のなかの市民
かけねなしの市民
なけなしの市民

朝
私は背中
背中に押される背中
背中を流れるひとすじの汗
汗の正義
を信じる正義
私は手

吊られた手
おお　私は吊られた手

朝
私は足
足に踏まれる足
足を踏み返す足
足を奪われる足
おお　私は奪われる足
奪われた足でなお立つ市民
おお　私は正義の市民

朝
私は眼
眼によって見られる眼
見られたら見返す眼
女の膝の暗がりをのぞきこむ眼
その眼をのぞかれている眼
おお　私は見られる男
見られる吊り広告
おお　独占スクープ！
この国では
スクープさえ独占されている
私は独占されている

朝
私は鼻
鼻と鼻をくっつけあう鼻
鼻ぐすりを嗅がされる鼻
嗅がされる髪油の香り
おお　髪結の帰り
私は瞼
閉ざされる瞼
瞼の見る夢

夢のなかの情事の記憶
おお　情事の記憶
の奥の多くの事情

朝
私はペニス
直立する一本のペニス
ペニスそのもの
おお　私はペニスそのもの
だが　私は市民
正義の市民
獣姦も死姦も好かない男
正常位を好む男
おお　正常位よ永遠なれ
おお　私は市民
おお　私は正義の市民

3　またあるときは

海と探偵　I

探偵は海を見ていた
海のなかの河を見ていた
河のなかの時を見ていた
悔恨のようなものを見ていた
歳月のようなものを見ていた

探偵の胸にはあざやかな昼顔の花が咲いている
耳の岬には不安の船が碇泊している
鼻の半島には時の化石の段丘がある
歯は何度か夜の乳首を嚙みきった
脳髄は塩のように乾いている

だが、眼は何も見ようとしない
それは鮟鱇のように盲いている

探偵の掌《て》が銃床の腹をにぎりしめた
足が砂を蹴った
時の停まる音がして
海は正確に四十五度傾いた

探偵は海を見ていた
海のなかの河をみていた
河のなかの歳月を見ていた
悔恨のようなものと
悲哀のようなものを見ていた

その夜
探偵は楷書体で日記にかきつけた
われ海を見たり
されど海を見ざりき

海と探偵 II

探偵は海を見ている
海を流れる河[*1]を見ている
河のなかの川を見ている
川の来歴を見ている

かれの胸には昼顔の花[*2]が咲いている
死者のこめかみのように白い花だ
かれの掌《て》は銃床のなめらかな腹[*3]を握っている
わかれた女のふくらはぎのようにやわらかい腹だ
探偵の頭上を上質のアルコールのようなものが立
　ち昇る[*4]
探偵の足が砂を蹴る

探偵の足もとでにがよもぎの群落が悲鳴をあげる
探偵の髪が塩からい風になぶられる

かれの眼のなかで地平は枯れている[*5]
かれの耳に遠い水勢が聞こえる
かれの鼻は石のなかに光のにおいをかぐ
かれの額は陽に照らされている

やがて探偵は口をひらく
かれの言葉はナイフのように人を傷つける
かれの喉は長くて白い[*6]
かれの肉体は塩の味がする

探偵は海を見ている
海のなかの河を見ている
かれには過去がない
かれには過去の顔がない

＊1 石原吉郎評論集「海を流れる河」
＊2 岡井隆歌集「朝狩」(肺尖にひとつ昼顔の花燃ゆと告げんとしつつたわむ言葉は)
＊3 カミュ「異邦人」
＊4 カミュ「結婚」
＊5 高橋秀一郎詩集「伏流傳説」
＊6 清水昶詩集「長いのど」
＊0 この詩は註1〜6とは無関係に読まれるべきである。

詩集『探偵』全篇　1976-1979

Ⅰ　探偵

雨

探偵は雨にぬれていた
秋の悲嘆のなかにいた
雨は舗道をぬらし
舗道のうえの落葉をぬらし
落葉のうえの乾いた心をぬらした

ぬれた心で
彼は待っていた
夜が朝をつれて
運命のほころびをつくろいにくるのを
ただ待っていた待ちながら
ひとりで雨にぬれていた

深く考えなければ
いまはそれほど悪い時代ではない
深く考えなければ
人生もまんざら捨てたものではない
マロニエは風に吹かれて
川面にはさざなみが立つ
街の灯は窓に明るく
こどもたちはすこやかだ
深く考えなければ
人々は愛し合っていて
この世は生きるにあたいする
「男の首」[*1]は昔の話で
「黄色い犬」[*2]はすでに去った

深く考えさえしなければ
探偵は雨のなかにいた
秋の悲嘆にぬれていた

＊1　ジョルジュ・シムノンの小説の題名
＊2　同右

花

たとえば花のような霧が
幾重にも折り重なって
夢の斜面をすべり落ち
人と人との想いのそこで
遠いこだまとなるような
そんなはるかな季節の岸で
その物語ははじまった

探偵は花を見ていた
花のかげを見ていた
花のかげの花影で
時がしずかに熟れてゆくのを見ていた
花は霧のように
あるいは
あした海で死ぬ少年のように
彼のこころを濡らしていた
濡れたこころの棹が
花の深さを測っていた

しかし、それは見つかるだろうか？
見つかったとして
花は僕となるだろうか[＊1]。
花とは、このとき
問はれるべきものだらうか。

それとも、花が問ふのだらうか。[*2]

ああ花のような少年よ
もしおまえが問わなければ
花がおまえを問うことはない
花が問わなければ
おまえはなぜ夕暮れに
ひとを待つことをおぼえたか[*3]

探偵は花を見ていた
花のなかの
花より遠いものを見ていた
こうして
その遠い物語ははじまった

＊1　立原道造の生田勉宛て書簡の一節
＊2　同右
＊3　立原道造「またある夜に」

窓

探偵は窓の下にいた
北に向かって開かれた
小さな窓の下で
死の斉唱をきいていた
時は四月
花々に風が落ちて
世界がしんとしずまった
そのしずもりの中心へ
若いクリトリスのように
木蓮の白い花が散った

少女は美しい死を夢みていた
小さな胸の谷にさく

白い花の数をかぞえていた
もしどこにでもある幸福をねがうなら
世界はこんなに美しいのに
風には風のかなしみがあり
花には花のはじらいがあって
あたしの人生には理由がない
(だが少女よ、きくがいい
どこにでもあるしあわせなんて
どこにもありはしないのだ
どこにもないしあわせを求めて
人はきょうを生きるのだ)

探偵は窓の下にいた
白い小さな窓の下で
死の斉唱をきいていた

空

探偵は空の下にいた
というのは正確でない
空が探偵の上にあった
というのも不正確である
探偵は空とともにいて
空のなかの空を見ていた
あるいは
空が探偵とともにあって
探偵のなかの探偵を見ていた
といえばいくらか真相に近い
とまれ時は九月
探偵はいつもひとり
深く考えなければ

いまはそれほど悪い時代ではない
深く考えなければ
人生もまんざら捨てたものではない
ユーカリは風に吹かれて
風はあまねく空をめぐる
深く考えなければ
木々は陽をあびて美しく
きみの乳房は気をそそる
おお　マルセイユ
この世は生きるにあたいする

だが
そのとき
空のへりが一枚めくれて
風が変わる気が変わる
記憶のなかの霧が燃える
おお　クラクション　クラクション[＊1]

探偵は引き金をひく
銃口のむこうの
風の距離を引き寄せる
死の色はみな同じ[＊2]
死の色は空の色

探偵が空とともにいて
空が探偵を見ていた
というのは正確でない
探偵は空とともにいて
空のなかの空を見ていた
空の色はみな同じ

＊1　高橋秀一郎詩集『伏流傳説』
＊2　ボリス・ヴィアン『死の色はみな同じ』

風

探偵は日溜りのなかにいた
棘をもつ二月の風に
塩からい項《うなじ》をなぶらせながら
うつけた想いで立っていた
自瀆する少年のように
記憶の銃把をにぎりしめ
女の子の膝の暗がりより
もう少し奥ふかい秘密のために
棒のようにひとり
風の声を聴いていた

玉蜀黍酒《バーボン》と靴下留《ガーター》の匂う町で
きのう別れた女はいった

あなたみたいにあしたのないひとが
どうしてそんなにやさしくなれるの[*1]
何も考えないときは
いったい何を考えているの[*2]
ああ　女よ聞いてくれ
結局のところ
生きるか死ぬかは趣味の問題で
風と探偵に理由はない
酒精依存者のためらい傷は[*3]
海の川ほど深くはないのだ
強くなければ生きていけず
やさしくできなければ
生きているかいがない[*4]

探偵は風のなかにいた
風のなかで
死者と女の数をかぞえていた

＊1　R・チャンドラー『プレイバック』
＊2　S・シャンタル『ときめく心』におけるA・マルローへの質問。これに対するマルローの答えは「三分の二は死のこと、三分の一は女のこと」
＊3　故石原吉郎を伴って病院へ行ったとき、担当の医師は「最近はアル中とはいわないんです。要するに依存心の問題ですから」といった。
＊4　前記『プレイバック』におけるF・マーロウの答え

Ⅱ　消息

消息

きみのあの
北に向かって開かれた小さな窓は
死の斉唱にいまも
対抗しているか

きみの窓の下にはことしも
ナツツバキの花が咲いたか
その花のいろはいまも
死者のように匂うか

きみの耳の岬にはいまも
不安の船が碇泊しているか
きみの乳房の谷間にはいまも
火の魚が泳いでいるか

きみの眼のくぬぎ林をきょうも
黒い鳥影がかすめたか
きみの髪の河岸段丘にはことしも
悔恨の枯れ葉が散りしいたか

きみの机上にはいまも
濡れた果肉が置かれているか
きみの肺尖にはいまも
昼顔の花が咲いているか

きみの傷あとはまだ痛むか
きみのクリトリスはまだ疼くか
きみは背中が寒くないか
きみはけさ何を夢みたか

ぼくはきょう
雨上がりの町を歩いてきた
夢は見なかった

諏訪優にささげるうた

なんで?
なんです!
Were you ?
なんですわ
(あれですわ)
You ?
Oh yes. Swannee.
言《こと》の方《かた》
人を憂《うれ》えて
言《こと》取《と》るをのこ
なんで諏訪優
大明神

なんかいいこと
ありますように

涕泣

男が哭いている
男が哭いている
スサの男が哭いている
八拳鬚《やつかひげ》　胸に垂らして
ハヤスサノオが哭いている
タケハヤスサノオが哭いている
その声は青山を枯山《からやま》のごとく泣き枯らし
その涙は世界の河と海を泣き乾した
悪しき神々の怒りは五月蠅《さばえ》なす沼沢に満ち
妖異《わざわい》はことごとく地上にあふれた
それでも男は哭きやまぬ
それでもスサノオは哭きやまぬ
《何由《なにし》かも汝《いまし》は事依《ことよ》させし国を治《し》らさずてかく哭きいさちるや》
父よ　イザナギよ
わたしは所領が不足で哭くのではない
わたしは海の国が好きだ
わたしは鼻の水から生まれ
川をくだって海にはいった
わたしは海で育った
わたしは海を愛した
わたしは海になった
わたしは海だ　海そのものだ
だが　わたしには母がない
わたしの海には母がいない
わたしの陰処は屹立したまま
日なたの石のように熱く
赤松の根のように乾いている

だから　わたしは哭いているのだ
父よ　あなたに問う
母のいない海とは何か
母のいないわたしとは何か
なぜわたしの海は乾くのか
わたしに母を与えよ
わたしをわたしに返す
熱くやわらかなものを与えよ
わたしにわたしの海を返せ
《僕《あ》は妣《はは》の国根《ね》の堅州国《かたすくに》に罷《まか》らむと欲《おも》ふ　故《かれ》哭く
なり》
男が哭いている
男が哭いている
スサの男が哭いている
八拳鬚　胸に垂らして
ハヤスサノオが哭いている

残俠伝

追われ追われて
落ちてきた　この
痛ましい苜蓿《うまごやし》の辻で
おまえは不意に立ち止まり
女の裾をまさぐるしぐさで
不安な胸の風呂敷包みを解く
その肩口からいきなり
立ち上がる夕焼け
木枯しの太鼓
霧がふるえる
霧がふるえる
おまえの薄い胸の奥で
遠い記憶の滑車がきしむ

死者はついに死んだまま
髭よりも早く生えそろう日常の稗《ひえ》
雲と敵を生み出す彼方は
たつきの砂にまぶされたまま
川は冬へたそがれる
水の起源を求める未練は
去らねばならぬ男たちのものだ*
霧がふるえる
霧がふるえて
おまえはひとつ
くしゃみをする
それにしても
同志は何処へ行ったのだ

人々が一斉に老いたがる夜
おまえの敵は目をさます

匕首《あいくち》を呑む夜更けの土間で
正義の斧が時を刻む
おまえは悲哀の鞘を払う

おまえは行け
行けるところまで

* 高橋秀一郎詩集『伏流傳説』

死の玉

死の玉わく
あしたに道をきかば
ゆうべに死すとも可なり
京都
あだし野

念仏寺
水子地蔵の閼伽《あか》棚に
死の玉わく
あしたに道をきかば
あさっても道をきけ
しあさっても
やなあさっても
そのまたあさっても
道をきけ

ユー・ウイル・ファインド・ユア・ウェイ
道はおのずからひらけるであろう
アムステルダムの霧の街角で
ファン・ゴッホ美術館への道をきいたとき
耳のない男はそう答えた
耳がなくても
道はひらける
ましてや口があるうちは

落柿舎から
祇王寺へ
萩咲きこぼれ
死の茨
生きているうちに
道をきけ

小景異情

さびしくて
さびしさの根にあるものが知りたくて
昼間ひとり
銀座通りを歩いてきたよ
大手町から電車に乗って

日比谷で降りて
有楽街をぐるっと回って
山手線のガードを越えて
泰明小学校の前に出たよ
マクドナルドのハンバーガーは買わずに
白いビルに沿って左に折れると
数寄屋橋は緑で
ニセアカシアが風に吹かれていたけれど
さびしいのはもちろん
ニセアカシアのせいでも
風のせいでもないよ
フードセンターのそばで
日本一熱心な政治家の
いちいちもっともな演説を聞いて
心が冷えて
花いちもんめの汗をかいて
丸の内東映にいくのはやめにして

泉という名の喫茶店にはいったよ
整形美人が運んできたコーヒーは
例によってちょっぴり石油くさかったし
五番街で聞いたラヴコールも
全然いかさなかったけれど
いまさらそれは言わないよ
問題は要するに愛と労働と言語の関係で
おまえには愛する妻と子供があり
おまえは仕事が気にいっており
そのうえおまえは言葉を知っているが
おまえの言葉はおまえの愛と労働にふさわしくない
そう思いながらトロトロッとして
夢を見て
夢のなかでたくさんの人を殺して
眼がさめて
さびしくて

さびしさの根にあるものが知りたくて
きょうひとり
銀座通りを歩いてきたよ

詩集『冬の旅・その他の旅』全篇　1980-1984

手の地平

深夜いきくれて
手のほとりにひとり
たたずむことがある
手はたたずまいの一部だが
心の位置からみると辺境であり
眼の方角からみると地方であり
要するに伸び縮みする岬である
だから見えるようでいて
実は不可視のものであり
触れられるようでいて
実は不可触のものである
その不可視と不可触を祈りの形に組み合わせると

そこに野太い農夫の声があらわれる
お父さん
あなたは四十歳のとき
何も考えないときは何を考えていましたか
そうさの、ひとつは家のこと
もうひとつは心臓の水辺に生えた
一本の木のこと、その来歴
天子さまのことは一度も考えなかった
お母さん
あなたは三十八歳のとき
物を思わないときは何を思っていましたか
それはおまえ、あたしは女だから
ひとつは生まれなかった子供たちのこと
もうひとつは水辺の木にきてとまる
一羽の鳥のこと、その行く末
深夜いきくれて
ひとり手を見ていると

その木と鳥がひとつになって
空のへりに貼りつけられているのが
見えてくる
それは不可視のものであり
不可視であるかぎりにおいて
不可触のものであり
要するに故郷の小川のささやきである
きみはいつ、どこで
そのささやきを聞きましたか
ひとつは夏の夜
父の胸にからみあう暗い梁を見た日であり
もうひとつは冬の朝
母の股の間を泳ぐ赤い魚を見た日である
そのとき木と鳥はひとつになって
地平線を黒く焦がした
深夜ひとり手を見ていると
その地平線が見えてくる

スローなブギにしてくれ

金属が疲弊するように
言葉が疲弊する

若い女が世間に狎れるように
言葉はすぐに意味とたわむれる

雨に濡れる屋根
屋根を漏る意味
意味に濡れる夏の雨

われわれの栄光の歯肉炎と
われわれの水虫の未来のために
きみは音楽とたわむれよ

われわれは育ちが卑しいから
カンツォーネやブルースはお呼びじゃない
浪花節はへどが出る
きみはブギをうたえ
夏の朝の雨のような
スローなブギにしてくれ*

＊　片岡義男氏の同名の小説による。

八月の井戸

一九八〇年八月
隣人たちの感情の裏庭に
古びた記憶の井戸がある
ぐるりは時の苔におおわれ

内部は暗くてよく見えない
寝苦しい夜には
はるかな潮騒の音がする
あの年の夏も暑かった

井戸は空と語る
語り明かした夜の深さを
身軽な風が巻尺で計る
その結果を黒鳥が空に伝える
空のこたえはいつも空
あの年の夏も暑かった

昼

風が落ちる
落ちゆくさきは風まかせ
黒鳥はかたくなに口をとざす
塩のように銹びる声帯

その奥の眠れない水子たち
あの年の夏も暑かった

ときおり濡れた声が
まっすぐ空に還っていく
そのときだけ井戸は
感情のように波立ち騒ぐ

兵士だったお父さん
そちらの夏も暑いですか

ある決定

その部屋は深い沈黙に包まれていた
ある労組の次期役員を選考する委員会
誰かがマッチを擦って煙草に火をつけた

煙は輪になって垂直に立ちのぼった

私情においてはしのびないが
ここは現役に留任してもらうしかないでしょう
議長が粘りつく唇から言葉を押し出した
煙の輪がくずれ　やがて一本の帯になった
それしかないでしょうな
実績もあることですし
副議長が一拍遅れの相槌を打った
委員たちの頭が一斉に前後に揺れた

ではそういうことで
議長は内ポケットから一枚の紙を取り出した
そのとき部屋の隅で電話が鳴った
雨粒がひとつ窓ガラスをすべり落ちた
やっぱり受けられないそうです
もう疲れたといっています

事務局員が事務的に電話を取り次いだ
親指の爪に謄写インクがしみついていた

しかし代案はないわけだから
ここはどうしても受けてもらわなければ困る
年配の委員が初めて口を開いた
無精髭の根元に黒い汗が光っていた
一斉に電話がかけられた
遠い夜の底で呼出音が鳴りひびき
寝不足の男たちの声がそれを遮った
町は朝を迎えようとしていた

というわけで選ばれました以上は全力を傾注する
覚悟です
なにとぞ倍旧の御支援をお願い致します
その日の午後
新しい委員長の第一声が大会場に流れた

人々は競馬新聞を折りたたみ
盛大な拍手でそれにこたえた
演壇の陰では議長が三日分の顔の脂を拭いていた
家に帰ったら久しぶりに女房を抱こう
子供たちに玩具を買おう
庭にくちなしの花を植えよう

窓の外では再び雨が降りはじめていた

光る海

――石原吉郎に

修善寺からバスに乗って
サルビアの峠を越えると
雑木林のむこうから
いきなり海が立ち上がる

晩い秋の日をあびて
海は一枚の銀紙だ
そのへりに干魚のような
小さな町がはりついている
土肥《とい》
ここであなたは生まれ
六歳までを過ごした
その家がどこにあったか
友達が何人いたか
そんなことは私は知らない
ただ真っ黒に日焼けした
元気な少年であったことだけは確かだ
ここはこんなに日が明るい

バスセンターの日だまりで
私は不意に立ちくらみ
食べたものをもどしそうになる

それはあながち乗物酔いのせいでも
強い磯の香りのせいでもない
過ぎ去った日が二度ともどってこないことを
この海が遠くシベリアにつづいていることを
不意に思い出したせいなのだ
私たちの記憶にくらべて
この町の日は明るすぎる

海岸には人がいない
松林のむこうから
けだるいスピーカーの音が聞こえてくる
骨を拾うようにひとつずつ
私たちは貝を拾い集める
これはさくら貝
これは眠り子貝
これはロシナンテの蹄鉄
ポケットを思い出でいっぱいにして

私たちは帰途につく
バスはまだこない

春

中畑は原のことをタツと呼んだ
タツはいまのままでいいと思う
バッティングは奥が深いから
へたに考えだすと手がつけられなくなるぜ
ホームランの打てない四番バッターが
打撃で新人王をとった男にそう言った
その脇で江川が
へヘンと意味不明の笑いをもらした
原は中畑のことを先輩と呼んだ
先輩をライヴァルだなんていったら叱られるけど

同じチームに目標になる人がいると
張り合いがあります
よーし、おれも一丁やってやるか
という気になるもの
バッティングでは負けませんよ
人気で三塁を奪った男が
追い出した当の相手にそう言った
江川は何も言わなかった

江川は原のことを原と呼んだ
原もことしは大変だな
もう新人じゃなくて一般の部だから
なにかタイトルをとらなきゃサマにならないよ
二年目に最多勝利投手になった男が
二年目のジンクスを恐れる男にそう言った
一般の部か、と三番目の男がつぶやいた

二年連続二十勝をねらうエースと
ホームランはだめでも打点王がほしい四番打者と
三割三十本をめざす二年目のルーキー
夢のある男たちが南国のテーブルを囲んで
季節への夢を語り合う
東京からテープレコーダーをかかえて飛んできた
夢のない男が
紙の上のそれを写しとる
ここには冬がないのかとつぶやきながら

外はそよ風
波の音

雪と探偵

雪の朝はやく

探偵はめざめる　ひとり
薄暗い風景
凍りつく単音
天と地に二分された
灰色の街と空

固い光のなかで
家々はよろい戸をあけ
添寝の夢を街に放つ
そのわきをすりぬけていく
勤勉な人々の足音
探偵は重い腰をあげ
無為の荷をはこぶ
うなだれて　ひとり
やがて風景は
聞きなれた倍音をひびかせ
二分音符を壁に吊す

窓に悲鳴が走り
空の音楽がやむ
探偵は走り出す

にわかに重力がやわらぎ
空は生色を取り戻す
だが　雲はいっそう低く
街々の屋根の上にたれこめる

雪は死者の音楽か
螺旋形のコードの端末で
最後のメロディがとぎれ
ふたたび夜がやってくる
探偵は火酒をすすり
寒いベッドにもぐりこむ　ひとり
かくて　世はこともなし

冬の旅

娘よ
そんなにうつむいて
本ばかり読んでいないで
たまには窓の外をのぞいてごらん
ほら　あの枯野の真ん中に
ぽつんと立っているのっぽの木
あれはポプラというんだよ
お父さんの田舎のほうでは
セイヨウハコヤナギといっていた
きっと明治時代の初めのころに
ふらっと西洋からやってきたんだろう
それにしては大地に深く根を張って
わがもの顔に立ってるね

冗談いうなよ
お父さんはあんなに図々しくはない

ポプラには
花が咲かない
実もならない
幹ときたらすかすかで
風呂のたきぎにもならない
まるでだめおのとうへんぼくだけれど
雨の日も風の日も雪の日も
あそこにああやってただ突っ立ってるだけで
冬は旅人の目じるしになり
夏は大きな日影をつくる
晴れた日にはこんなふうに
空の広さを教えてくれる

お父さんはおまえに

名前のほかにはなんにも
残してやれそうにないけれど
それでもいざというときには
風よけぐらいにはなれるだろう
お父さんのこの胸は
おまえの読んでいる本の背中より
ほんのちょっぴり厚くて大きいし
物語にならない年月を生きてきた
胴を断ち割ってみれば
黒い年月が見つかるだろう
さあ　リュックのひもを締めろ
オホーツクはもうすぐだ

鴨川まで

午前十時東京発
外房線特急「わかしお」に乗って
バサラ先生に会いにいく
空は空色
風は緑
房州を海人の国と思うのはあやまりで
ここは木と水の国
六月の雨をたっぷり吸った若木の梢が
太古の夢のように車窓をたたく
ほら　太陽だって
あんなに緑色に耀いているじゃないか
とろとろとまどろんで目覚めると
体内に若い潮が満ちてきた
先生大いに気をよくして
「な、おい、いいとこだろう?」
(げにここはバサラの里)
最後の言葉を地酒とともに飲みこんで
海の幸に箸を伸ばす

明日はきっと緑色の小便が出るだろう

夜の声

そのとき彼が聞いたのは
子供たちの喚声でもなければ
遠い水勢でもなかった
それは夜の声だった
世界の沈黙を集めて
耳朶のうしろにわだかまる
死者の声だった
死者の声だから
それはいつまでも
途絶えることがなかった
彼の耳にその音が聞こえはじめてから
もう何年たつだろう
あれはたしか二十年前の夏
信じていた世界が音たてて崩れ落ちた日から
蝸牛角の岬に一隻の船が碇泊して
解読不能の信号を発しつづけている
何のために
おそらくは何でもないことのために
ああ　父よ
彼の中で三度死に三度生き返った八月の霊よ
死者をして死者たらしめよ
生者をしてその所を得さしめよ
物語には歌を
鳥には翼を与えよ

そのとき彼が聞いたのは
鳥の羽音でもなければ
夜の海へ漕ぎだす舟唄でもなかった

それは単純な夜の声だった
彼は二度と目ざめなかった
かくて夜の物語は始まった

新年の手紙

喪中につき
新年のご挨拶を遠慮させて頂きます
今年もまた
木枯しが見知らぬ死者のたよりを運んできた
そのたびに私は首をすくめる
あなたが喪中だったとは知りませんでした
私も今日から喪に服しましょう

それにしても何だか釈然としない
喪に服すべきはあなたであって
この私ではないはずなのに
なぜ私が新年を祝ってはいけないのか
なぜわたしのために祝っては下さらないのか

とはいえ
それがあなたの死者に対する儀礼であれば
私とてそれに従うに吝かではありません
私もまた多くの親しい者たちを喪ってきましたし
何よりも悲しみの姿勢は身についています
だから
ほんとうに悲しい人もそうでない人も
どうか心安らかに新年をお迎え下さい
新しい生のはじまりのために

鳥

一羽の鳥が飛び立つことによって始まる朝がある
一羽の鳥が墜ちることによって終わる夜がある

その朝と夜のために　鳥は空を翔ける
その鳥の飛翔のために　空は青い翼を拡げる

ある朝　鳥は空になった
ある夜　空は鳥になった

その鳥は　もう還ってこなかった
その空は　もう還ってこなかった

昔　空が青かったころの話である

比喩でなく

凶報はクリスマスイブに届いた
だしぬけに黒衣のサンタがやってきて
耳の底に死を置いていった
私は遠く鐘の音を聞いていた
記憶の野辺に
しきりに雪が降りつもった

出雲は一面の銀世界で
タクシーは傷ついたトナカイのように喘いだ
母はすでに言葉を失い
ふいごのように荒い息をしていたが
まだ半分だけ意識が残っていた
手を握ると力強く握り返してきた

ときおり笑顔さえ浮かべた
大量の薬物のために
その顔は赤黒くむくんでいたが
笑顔だけは昔のままだった
この分なら完治は無理でも一命は取りとめるだろう
誰もがそう信じた
長い夜が明けて
私たちはひとまず家へ帰った

その日の夕方
容態の急変を知らせる電話が入った
とるものもとりあえず病院へかけつけると
母はすでに虫の息だった
人工心臓が取り付けられ
プロレスまがいの人工呼吸が繰り返されたが
一度引きはじめた潮は
ふたたび元へは戻らなかった

一九八三年十二月二十六日午後八時五十四分
母は苦しみ多い生涯を閉じた
行年七十九
親不孝な息子たちは
冷たくなりはじめた遺骸を毛布に包み
荷物のように車に積み込んだ
窓の外ではまた雪が降りはじめていた
それは比喩ではなかった

未刊詩篇　1984-2012

風立ちぬ

東京に初めて秋風が立った日に
武蔵野の林のそばを通りかかると
アブラゼミとツクツクホーシが
ここを先途と鳴いていた
「霜草まさに枯れんと欲して虫思急なり」
と白居易がうたったのは
秋も終わりのころだったはずだが
夏の虫にとっては今がまさにその時
急迫調にせかされて
私も思わず足を速めた
だが、何処へ？

昆虫学者によると
羽化したセミが鳴き出すまでには
一定の気温の積算が必要であり
寒い夏には
ようやく鳴き始めたかと思うと
すぐに寿命が尽きてしまうという
何のためにと今は問うまい
この夏
きみたちは充分に鳴いたはずだ

その日の夕方
同じ林の道で
一匹のセミの死骸を
無数のアリが引いていくのを見た

出水《いずみ》からシベリアへ

今年もまた
北へ帰る日が近づいた
われらは北風に正対し
白い軍勢のように
横一線に整列する
号令もなければ
点呼もない
合図は空の色
川面にはじける
光の春

一日が昏れて
残光が長く水脈を引くころ
われらは伝来の作法に従い
長い首を背中にたたみ
片足を高く揭げて眠る
「鶴は夜通し石を抱いて眠る」というのは
臆病な人間たちのひが目
それは限りある体温の消耗を防ぐため
われらはわれらの生命を抱いて眠る

その日がくると
われらはいっせいに羽をひろげ
風に向かって三歩走り
あらがう風に体重を乗せる
四か月余の流謫の日々は
すべてこの一瞬の浮揚のため
やがて体勢を立て直したわれらは
気流にそむいて一路北をめざす
出水からシベリアへ

われらの生命の源へ

五月の朝

五月の雨が降っている
乾いた舗道を濡らしている
若葉の塵を洗っている
夏の果実を育てている

私は親鸞を読んでいる
親鸞にも雨が降っている
親鸞は雨の中に立っている
雨が親鸞を濡らしている

あの棒のように剛直で
絹糸のように繊細な雨の中に
私は立ちたい
わたしのいちばん深いところを濡らし
その上に積もった塵を洗い流し
私の中に若い果実を育てる
あの白い雨の中に立ちたい

世界に向かう私の視線が
いつも素直で正しくありたい
自分に対しては断固たる糾問者で
他人に対しては全てを許す者でありたい

五月の雨が降っている
雨が私を濡らしている

断念

藤原定家は治承《じしょう》四年（一一八〇）正月三日、父に連れられて初めて前斎院式子内親王の屋敷に伺候した。室内には芳香が立ちこめ、女主人が身動きするたびにゆらぎ漂って若い鼻腔を刺激した。帰宅後、彼は『明月記』に「薫物馨芳馥」と書きつけた。同じ日記に「紅旗征戎非吾事」の文字が見えるのは、その前年、定家十九歳のときである。

親鸞は建仁《けんにん》元年（一二〇一）叡山を下り六角堂に百日参籠して後生を祈った。すると九十五日目の暁に夢に聖徳太子が現れて法然上人に会えと告げたので、吉水禅坊に法然を訪ねて他力本願に回向した。彼はのちに『教行信証』のあとがきに「愚禿釈の鸞建仁辛酉の暦、雑行を捨てて本願に帰す」と記した。そのとき親鸞は二十九歳だった。

本居宣長は宝暦《ほうれき》十三年（一七六三）五月二十五日、松阪の旅宿の一室で伊勢参拝帰りの国学者賀茂真淵と対面した。彼はそれまで『源氏物語』の「もののあはれ」に沈湎して『紫文要領』や『石上私淑言《いそのかみのささめごと》』を書いていたが、この一夜を境に「たおやめぶり」を捨て、敢然として『古事記』の「いにしえの道」に踏み入った。宣長三十四歳のときのことである。

この三人の表現者の間には、日本人の男子であること以外に何の共通点もない。ただ彼らは何かを捨てることによって人生の危機を乗り越えた。定家は政治を、親鸞は自力を、宣長は源氏を捨てた。捨てることによって見えてくるものがあった。

その場面に年長の他者が立ち会った。彼らはいま、「おまえは何を捨てることができるか」とわれわれに問うている。

春

小さな庭に
クロッカスが咲いた
黄色いスポットをあてたように
そこだけが明るくなった
びっくりして
ヒヤシンスが薄目をあけた
死んだふりしていた地面が
大きく息を吸い込んだ
よく見れば
イチョウの老木までが
すっかりその気になっている
会社をやめて
ヴィヴァルディを肴に
酒を飲むことをおぼえた男が
ガラス戸の内側から
それを眺めている
風はまだ冷たいが
光はもう春の色だ

承認

「誰も自分の生命の終りについて知っていない」

と詩人*は書いた。

私は「終り」どころか「始まり」も知らない。

ただ、それが始まった日付を知っているだけだ。

そしてその終りもまた日付にすぎないことを。
長かろうと短かろうと
人生は単純な引き算の問題にすぎない
これは比喩ではない。
単なる事実の承認である。

「さりながら死ぬのはいつも他人」
と画家*の墓碑には刻まれている。
私が生きている間に死ぬのは他人ばかり
私が死んだときに死ぬのもやっぱり他人
さりながらそこに眠っているのは間違いなく当人
今年もまた、たくさんの他人が死んだ
私はまだ自分の碑銘を決めていない
これは風刺ではない。
単なる事実の承認である。

「皆人の知り顔にして知らぬかな必ず死ぬる習ひ
ありとは」
と歌人*はうたった。
だれでも知っているということは
だれもが知らないということだ
彼もまた、その「習ひ」を知らずに死んだ。
父も母も、たぶん私も。
だからこそ、この世は生きるに値する。
これは批評ではない。
単なる事実の承認である。

＊　詩人＝嵯峨信之　画家＝マルセル・デュシャン　歌人＝天台座主慈円

碁人のうた

いちも　　　　一も
にもなく　　　二もなく

さんれんせい
しじんをやめて
ごじんになった
ろくでもないやつ
しちやがよい
やってくれるぜ
くろうにん
とさ

三連星
詩人をやめて
碁人になった
碌でもない奴
質屋通い
やってくれるぜ
苦労人
とさ

色彩論

コバルト・ブルー
セルリアン・ブルー
ターコイズ・ブルー
プラッシアン・ブルー
インディゴ・ブルー
パーマネント・ブルー
ウルトラマリーン
空の涯から海の底まで探し求めて
それでもなお名づけられないブルー
青春の青

エメラルド・グリーン
コバルト・グリーン
カドミウム・グリーン
クローム・グリーン
クローム・オキサイド・グリーン
サップ・グリーン
オリーブ・グリーン
コンポーズド・グリーン
ビリディアン
テール・ベルト
世界中の草と木と鉱物の色を数えて

それでもまだ見つからないグリーン
若さという名の緑

シトロン・イエロー
イエロー・オーカー
カドミウム・イエロー
オーレオリン
歳をとるにつれて
色はだんだん少なくなり
人生は名づけられやすくなる
シルバー・ホワイト
ジンク・ホワイト

禁忌色という色がある
混ぜると化学変化を起こすので
画家が混色を避ける色のことだ
ウルトラマリーンとエメラルド・グリーン
クローム・グリーンとカドミウム・イエロー
シルバー・ホワイトとヴァーミリオン
マダレーキという赤の上に白を重ね塗りすると
淡い赤が表面に滲んでくる
画家はそれを「泣く」という
きみの色が何であれ
きみはそれを泣かせてはならない

そして灰色
燃焼という名の化学変化の末に残る無彩色
際限のない混色の果ての混沌
それが人生の最後の色だ

地名論

今年、一九九五年

われわれは多くの地名をおぼえた。
淡路島北淡町
山梨県上九一色村
熊本県波野村
学校で使う地図帳には載っていなかった地名たち
もし何事も起こらなければ
われわれはその読み方さえ知らなかった。
しかし、今
それは法事の夜の親戚のように
われわれの耳に親しい。

北淡町はその名のとおり淡路島北方の町だ。
「ほくだん」と濁って読ませる。
そういえば我が姓郷原も
生まれ在所の出雲では
「ごうはら」ではなく「ごうばら」だった。
風雪きびしい風土では
人はことばに濁音の衣を着せる。
傷つきやすい心を守るために。

上九一色村は、富士の裾野の開拓村だ。
機動隊とともに進駐したTVレポーターたちは
この村を「かみく・いっしき」と呼んでいた
それはないぜと地霊がささやく。
「かみ・くいしき」と呼んでくれなければ
歯を食いしばって曠野を拓いた甲斐がない。

波野村は阿蘇の外輪山の村だ。
上九一色は「むら」だったが、
ここではなぜか「そん」と読ませる。
おそらくそのせいだろう。
その名を聞くと大草原に風が立ち
薄の穂波が揺れるのが見える
オウムの子供たちよ、余計なことは言わぬ。

阿蘇のものを阿蘇へ返せ。
それが君たちの救われる唯一の道だ。

スペインのひまわり

スペインのひまわりは太陽に愛されている
スペインの太陽はひまわりに愛されている

スペインのひまわりとスペインの太陽が
スペインの風のベッドで愛し合うとき

スペインの大地は黄金の血を流し
スペインの空はファン・ゴッホを受胎する

おお　ファン・ゴッホ！
豪奢なる黄の蕩尽！

スペインのひまわりは太陽に愛されている
スペインの太陽はひまわりに愛されている

蒼天樹

空よ
夏の青空よ
わたしがこんなにもあなたにあこがれ
こうして精一杯に枝葉を差し伸ばしているのは
あなたへの信仰や畏怖のためではない
あなたに愛されたいからでもない
それはあなたの澄んだ高さのため
地にあって老いたるものと
永遠に虚無なるものとのあいだの
限りない距離のためなのだ

だから
私を蒼天樹と名づけよ
空よ
わが心の空よ

遠い声

一羽の鳥が飛び立つことによって始まる朝がある
一羽の鳥が堕ちることによって終わる夜がある

そのとき彼が聞いたのは銃声ではなかった
撃ち落とされた鳥の声でも
子供たちの喚声でもなかった
それは死者の声だった
耳朶のうしろにわだかまる
遠い死者の声だった

死者の声だから
それはいつまでも途絶えることがなかった

彼の耳にその声が聞こえるようになってから
もう長い時が過ぎた
あの夏
信じていた世界が音立てて崩壊し
枯野の木のように孤立が明らかになった日から
耳の岬に一隻の破船が碇泊し
解読不能の信号を発するようになった
何のために
おそらくは世界との和解を阻むために

ああ父よ
彼のなかで三度死に三度生き返った八月の霊よ
死者をして死者たらしめよ
生者をしてその所を得さしめよ

物語には歌を
鳥には翼を与えよ

一羽の鳥が堕ちることによって始まる朝がある
一羽の鳥が飛び立つことによって終わる夜がある
その朝と夜のために鳥は空を翔ける
その鳥の飛翔のために空は青い翼を広げる

そのとき彼が聞いたのは
その鳥とその青い空の声だった

少年の夏

その日初めてカナカナが鳴いた
草の穂が痛い村道の昼下がり
風そよぐ敬神の地に
熟れはじめた果実の匂いが漂う

皺のある太陽と
庇のとれた麦藁帽子
磨り減ったゴム草履の裏の
果たされなかった約束の数々

異邦に消えた旅人は帰らず
困惑を拾う影たちの礼節
怒りは溶けて涙となり
悲しみは乾いて寂寥となる
死ねなかったふくらはぎ
つちふまずの下のそよ風
みぞおちを流れ下る汗
校庭のひまわりの涼しい拒絶

さらば束の間の

われらが強き夏の日の光よ*

＊　ボードレール

水色の風

弟が死んだ
昨日までは生きていた
今日はもう死んでいた
しょうのない男だった
高天原のスサノオみたいに
わがままでお天気屋で
無鉄砲でやりたい放題で
父を怒らせ母を泣かせ
兄たちを嘆かせた
豊葦原をさまよい歩いたすえに
あっさりと死んでしまった
天におらぶ者はなく
寄せくるワニの影もなかった
江戸川の畔で骨になったスサノオは
空を飛んで出雲に帰り
斐伊川の畔なる父母の墓に斂められた
出雲は快晴
田植えが終わったばかりの水田に
神霊の吐息を思わせる
水色の風が吹いていた

八月の井戸

隣人たちの感情の裏庭に
古びた記憶の井戸がある
ぐるりは時の苔におおわれ

内部は暗くてよく見えない
寝苦しい夜には
はるかな潮騒の音がする

井戸はときどき空と語る
語り明かした夜の深さを
身軽な風が尺縄で測る
その結果を黒鳥が空に伝える
空の答えはいつも空

昼
風が落ちる
落ちゆく先は風まかせ
黒鳥はかたくなに口をとざす
塩のように銹びる声帯
その奥の眠れない水子たち
あの年の夏も暑かった

ときおり濡れた声が
まっすぐそらへ還っていく
そのときだけ井戸は
感情のように波立ち騒ぐ
負けたくやしさを思い出す

帰郷

——石原吉郎に

そこに立つ
そこに坐る
そこにうずくまる
川を見る
ただ川を見る
風を聴く

ただ風を聴く
何も考えない
あるいは
何も考えないことについて考える
そこがあなたの位置
それがあなたの姿勢

その川はアンガラ河の支流
アンガラはバイカル湖に源を発し
凍原を貫いてエニセイ河に注ぐ
エニセイは北流して北極海に至る
北極の氷は溶けて日本へ流れる
川のほとりでその海を見る
海を流れる川を見る
何も望まない
あるいは
何も望まないことを望む

それがあなたの条件
それがあなたの姿勢

そして八年
窓の外でピストルが鳴り
待ちかまえた時間がやってくる
川はあふれて岸を浸し
風は渦巻いて脊柱をめぐり
馬たちは空洞を走り
クラリモンドは自転車にまたがり
ロシナンテは故郷をめざす
最も善き人々をあとに残して
それがあなたの沈黙
それがあなたの耳鳴りのはじまり

湯河原まで

小田原
小田原城
小田原攻め
小田原評定
敵わぬときは逃げるに如かず
尻に帆かけてホイサッサ
小田原提灯ぶらさげて
箱根を越えても命があれば
かまぼこ肴に一杯やろう
明日は明日の風が吹く

早川
相模湾に面した漁港
かまぼこの原料の多くは
この地で水揚げされる
地名となった早川は
箱根山中に源流を発し
小田原市街を縦横に貫き
ここで疲れて海に入る
早川の行方も知らぬ人の世の
生はさまざま悲喜はこもごも
されど行先はひとつだけ
海、またの名は虚無
親鸞曰く
信心も悪行も及び難き身なれば
地獄はいちじょう住処ぞかし

根府川《ねふかわ》
根府川石
板状節理をもつ輝石安山岩

板石、石碑などに適す
ここはまだ小田原市
凛たる女性詩人*の住んだ街
あなたはこの駅のホームに立って
眼前の海を見ていた
海の向こうの戦争を見ていた
それから茫々七十年
夏草はすべてを覆い尽くす
兵士の夢も乙女の涙も
彼らを追いつめた時代の節理も
だが、記憶だけはしぶとく生き残る
根府川石に刻まれた碑銘のように

真鶴
ツルの一種
首が白く目が赤い
羽色は薄いグレイ
北東アジアに分布し
冬、鹿児島に飛来する
渡りに疲れたツルたちが
しばし翼を休めるところ
人生に疲れたヒトもまた
まなづる
思い出を噛みしめるように
そっとその名をつぶやけば
まなかいに浮かび上がる影ひとつ

湯河原
湯の香ただよう川の町
七十になるときは抵抗がありました
と老作家*は言った
年寄りだと思われたくなかった
だから必死に書いたのです
（著書五百冊、総売上げ部数二億五千万部）

でも八十になるときは平気だった
もういい、もうじいさんで結構だ
つまり開き直ったわけです

この町で石を投げると
百歳老人に当たるという
米寿卒寿はザラ
喜寿は掃いて捨てるほど
還暦古稀は洟垂れ小僧
傘寿でやっと一人前
だから幸せ、それとも不幸せ？
さらさらと川は流れて海に至る
きょうもあしたもあさっても

＊　女性詩人＝茨木のり子　老作家＝西村京太郎

エッセイ

六〇年代詩の運命

「六〇年代詩の運命」とは、岡庭昇の評論集『冒険と象徴』（一九七五年）の副題である。同書は後述するように「芸の論理」を批判の銃座に据えて、天沢退二郎、吉増剛造、鈴木志郎康、清水昶ら、いわゆる六〇年代の詩人たちがかかえこんでいる宿命の構造を対象化し、併せて鮎川信夫、安東次男、谷川雁らの戦後詩人を再検討した、苛烈な同時代批判の書である。いわゆる六〇年代の詩と詩人については、小海永二がその一連の戦後詩史論のなかで詩史的な位置づけを試みたほか、北川透『情況の詩』、菅谷規矩雄『詩的60年代』、清水昶『詩の根拠』、郷原宏『反コロンブスの卵』などがそれぞれ内在的な批判を展開しているが、一定の方法論をもってその表現の構造を全体的に対象化しようとしたのは、おそらく同書が初めてである。そこで、たまたま編集部からこの題名を与えられたのを機会に、岡庭の論旨を批判的に検証しながら、六〇年代詩における詩と「ことば」の構造を見ていくことにしたい。

六〇年代詩とは、しかし、一般に通用している割には内容のはっきりしない言葉である。岡庭もその意味を厳密に吟味することなく、「私たちの詩——いわゆる六〇年代詩」というようにかなり恣意的に使っている。北川透の前掲書における概念規定の曖昧さを「風呂敷言語」として厳しく糾弾する岡庭にして、これは珍しい過誤であるといわなければならない。そしてそれは当然のことながら岡庭自身の論理をも曖昧化させずにはおかない。たとえばこういう文章がある。

私たちの詩の——いわゆる「六〇年代詩」——運命を彩る基本的な特徴は、「書くこと」における根拠、つまり「詩」を世界に対峙する固有の行為として諾う前提の、ある決定的な喪失にほかならない。いいかえるならそれは、ことばの「場」の不在である。

ここで「私たちの詩」といわれているものの範囲がはっきりしないので、これは要するに天沢退二郎批判なのか、岡庭自身を含む世代的な自己批判なのか、それとも岡庭だけを例外とする同世代詩人への批判なのか、見当のつかないところがある。こうした前提を欠かしたところで「基本的な特徴」だとか「にほかならない」といわれても、それこそ「書くこと」の根拠を失った空語にしか響かないのである。もとより、同時代の詩を対象的に論じようとすれば、ある程度の抽象化は避けられず、それを北川透のように「立場という先験に保証されている」(『詩と批評の暗渠』「現代詩手帖」七六年四月号)などというのは一種のないものねだりにすぎないが、それにしても岡庭の「立場」がよく見えないことが、私には不満である。

岡庭の見えにくさは、これにつづけて次のようにいうとき、いっそうはっきりする。

かつて戦後詩が「詩における全体性の恢復」(鮎川信夫)と言い、それへのアンチ・テーゼとして「第三の詩人たち」が「肉声の詩を！」(大岡信)と言ったような、あるいは、五〇年代後半から六〇年代に、擬装された日本経済の高度安定成長期にむけて、「日常」性を逆に自らの武器として掘りさげた、山田正弘、三木卓、堀川正美らの「氾」グループの「現実的態度はアクチュアルに、詩的態度はリリカルに」(江森國友)といった確固とした詩へのテーゼは、私たちには与えられていない。いや与えられていると考えたところから、私たちは仮装の「詩なるもの」にまるごととらえられてしまうのだ。

ここで「私たち」が確固としたテーゼを与えられていない、と表現されていることに注意する必要がある。誰にしろ、詩へのテーゼはみずからつくりだすべきものであって、他人から与えられるものではない。「全体性の恢復」も「肉声の詩」も「詩的態度はリリカルに」も、いずれもそうして主体的につくりだされたテーゼであったはずだ。それを「与えられていない」という先験的な受動態でくくったとき、岡庭は六〇年代詩に対する自分の立場を最終的に見失うことになる。いいかえれば仮装の「六〇年代詩」なるものにまるごととらえられてしまうのである。

私見によれば、六〇年代の詩にはテーゼが氾濫していた。もし「詩的態度はリリカルに」といった程度のことを確固としたテーゼというのなら、六〇年代の詩人たちは一人の例外もなく確固たるテーゼの持ち主であったといっていい。ただ、かれらが戦後詩人や「第三期の詩人」や「氾」の詩人たちと違っていたのは、誰もそれを本気で実践するつもりがなかったということである。それは岡庭がこの文章の後段で正しく指摘しているように、「暗黙のうちに予定された『詩』の特権を前提としながら、根底的な問いを棚上げしつつ、状況をもファッションの函数としてとり入れた」ためであったにちがいない。岡庭はここから独特な「芸の論理」を導いてくるのだが、われわれはなお、なぜ「状況をもファッションの函数とする」ような詩が可能であったのかを問いつつ、六〇年代詩の外延を見定めておかねばならない。

いわゆる六〇年代詩という言葉が内包するものについて、私は二年ほど前にすでに次のように書いている。自分の書いたものを引用するのは気がひけるが、ここでの問題に直接関係することがらなので、その一部を引いておこう。

詩の六〇年代というとき、それがそのまま年号としての一九六〇年代をさすのでないことはいうまでもない。しかし、それがあの六〇年安保闘争を一種のスプリングボードとして登場したことだけは確かである。このことは、のちに六〇年代詩の典型をつくりだすことになる詩誌「暴走」が一九六〇年八月に創刊されており、そこに天沢退二郎が何を書いていたかを見るまでもなく、いわゆる六〇年代詩の一、二を任意に思い出してみるだけで充分である。

そこには詩人たちの発語の根がいかに深く「六月」

の地中におろされていたかが、あらゆる論証を超えて語られている。「六月」は、しかし、ただちに一九六〇年六月のあの事件を意味するわけではない。「六月」を政治的な、または社会的な事件として見るかぎり、それはせいぜい日米安保条約の改定に際して一人の女子学生が死んだという単純な事実でしかない。この事件を仮に革命の前段階的高揚と呼ぼうと、「擬似的内戦体験」（野口武彦）と呼ぼうと、事情はまったく同じである。また女子学生の死をどんな美しい言葉で飾ろうと、そこにありふれた一個の死体が横たわっていたという事実の散文性は救いようがない。

それが発語の根としての原体験に、つまり「六月」になるためには、当時の状況の総体が感受性のフィルターを通して個々人の内的な生活過程に繰り込まれ、一つの世代を形成するに足る「意味」にまで高められる必要があった。この場合に忘れてならないのは、原体験形成の条件が実際にその行動に参加したかどうかの現実体験によるものではなかったという事実である。

もとより人は街頭行動の先頭に立ちながら最も体制的な精神の持ち主であることができるし、喫茶店でデモ隊を傍観しながら最も革命的な思想者であることできる。そんなことは問題ではない。ただ、私がここで指摘しておきたいのは、たとえば「暴走」の後身である「凶区」のメンバーが多く傍観者的でありながら、安保全学連のラディカリズムを最もよく表現しえたのは（あるいはそのふりができたのは）なぜかということである。そこには当然、参加者と傍観者との精神的な共同性、あるいは感受性の等価性というものが想定されなければならない。

誤解を恐れずにいえば、六〇年反安保闘争は政治闘争ではなく感受性のたたかいであった。それは一九五五年の日共六全協決議と翌五六年のスターリン批判によって政治的に準備され、五九年の前段階的高揚をへて六〇年六月に最大のヤマ場を迎えたのだが、そこで一貫して問われていたのは「民主か独裁か」(竹内好)の二者択一といったものではなく、たたかうとはどういうことなのかという、すぐれて存在論的な問題であった。したがって真にたたかった者たちは、正面の敵の手前に「民主」の顔をしたもう一つの敵を見出さなければならなかったし、その敵を撃つことなしにはどんなたたかいも始まらないのだということにやがて気づかなければならなかった。

この発見を可能にしたのは、一つにはハンガリー動乱やスターリン批判の体験であったが、より本質的には戦後資本主義の拡大安定がもたらした価値観の多様化、分散化であったということができる。そしてこの価値観が結局は感受性の質の問題であったかぎりにおいて、傍観者「凶区」はよく全学連ラディカリズムの詩的代弁者たりえたのであり、むしろ傍観者であったがゆえにラディカルの二つの語義のうち「根源的」な側面でのすぐれた推進者たりうるという逆説が成立したのである。

だが、逆説はあくまで逆説でしかありえない。運動そのもののなかに対応をもたず、したがって表現思想としても自立できなかった「凶区」は、全学連の解体とともに詩壇ジャーナリズムに回収され、珍奇な風俗として風化しつつ、やがて自壊していった。その後の「凶区」の空中分解と、天沢退二郎や渡辺武信の雑文ジャーナリズムへの登場の意味は、すべてこの文脈でとらえることが可能である。

(「ついに書かれぬ現代詩」——「日本読書新聞」七五年二月二四日号)

おそらくは当時の詩壇状況に反撥するあまり、必要以上にポレミカルな文体になっているが、いまでも基本的にはこれに付け加えるべきことはない。つまり六〇年代詩とは何よりも一九六〇年の反安保闘争を一種のスプリングボードとして登場し、それを共通の原体験として個々人の生活過程に繰り込むことによって形成された世代の自己表現であり、方法的には安保全学連のラディカリズムに対応する「根源性」として特徴づけられる。ただし、それは自立した表現思想ではなく、ラディカルな政治状況の反映にすぎなかったので、運動の退潮とともにその根源性を見失い、一種の風俗として詩壇ジャーナリズムに回収されていかざるをえなかった。要約していえば、およそこれだけのことを私は述べたはずである。そして、この後段の部分が岡庭の「状況をもファッションの函数としてとり入れた」という認識に重なることはいうまでもない。というより、状況をファッションの函数とすることこそが六〇年代詩人の最もめざましい方法であり、またそれゆえにかれらは、みずからファッションの一函数として詩壇ジャーナリズムに登場することが可能だったのである。

ちなみに北川透は前記時評のなかで私のこの文章を「自己葛藤のない軽やかな文体」「超俯瞰」などと批判したが、それは私がこのような詩的ファッションとは無縁だからである。単純な事実の問題としていえば、一九六〇年に私は地方の高校生であり、反安保闘争は文字通り「紙の中の戦争」(開高健)にすぎなかった。そのことのもつ意味や無意味は、翌年大学に入ってから活字を通して徐々に追体験していくほかはなかった。だからといって当時の状況に対してまったく責任がないというつもりはないが、少なくとも「六月」を原体験として共有するような世代には属していなかったといわねばならない。つまり私は厳密な意味での六〇年代詩人ではないのである。この点で私は「ぼくはいわゆる六〇年代詩人といわれる人たちに反撥しながら詩的出発をしたと思っているのですが、だけど、いつのまにか六〇年代詩人という枠内に組み込まれているなあという感じがする」という清水昶の座談会での発言(「現代詩手帖」七六年八月号)に世代的な共感をおぼえる。しかも奇妙なことに、その清水でさえ、年齢的には私より二、三年先輩のはずなのである。

もとよりそんなことは大した問題ではない。いずれにしろそれは詩壇ジャーナリズムが便宜のためにする分類であって、詩の本質とはなんの関係もない話である。ただ、われわれが「六〇年代詩の運命」を問題にする場合、六〇年代詩という言葉にはこれだけの幅があることを忘れてはならない。そのことを前提にして岡庭の論旨に戻れば、詩人たちの現実と「芸の論理」を媒介する言葉として、月村敏行の評論から「仮装」という概念が呼び出される。

　岡庭の要約的な紹介によれば、月村はその「仮装の全体性」という文章のなかで「北川は自分の思考のかたちや言葉のかたちへの関心の捨象によって状況へのことばのかかわりを可能にしている」といい、さらに「天沢は現実性を喪い自己の存在を仮装で補っていることで、言葉のメタフィジックへの踏みこみを可能にしている」といいつつ、かれらを典型とする詩の状況について次のように語っているという。

　そして、あえていえば、六十年代のにぎやかな詩人たちは殆どのところ、この存在の自己仮装において整列しているように思われてならない。……むろん、これらの詩人たちが讃えられるべきにぎやかさを呈しているのは、仮装を静態としてではなく、いわば詩のベクトル構造として具現しているからである。仮装としての自己存在をベクトルの矢と化したとき、言葉が生みだされているのだ。

　これに対して岡庭は、月村のこの指摘が現象的にはきわめて正確であることを認めつつ、「それはなによりも、詩がなぜこの世界にとって存在しなければならないのか、という根底的な問いへ向きあうことによってではなく、その問いを避けることによって、『詩』を成立させるという構造が、これらの詩人たちの一般的なありようにほかならなかったからである」と診断する。そしてさらに「仮装は自己にとってそれと見えていないとき、真に仮装でしかありえないが、仮装をあえて前面におしだしつつ、崩壊した『詩なるもの』の神話と、拠るべき砦たりうるわけもない自己の主体性のむこうに『書くこと』の根拠をみさだめようとする行為は、仮装そのものの幻影的性格をこえて存在しうるはず」だという。この後段の部分にはおそらく、月村によって「仮装でしかない観念をあえて実質として信じようとする」と批判された岡庭自身の自己弁護が含まれていて、もう一つ説得力を欠くといわねばならないが、とにかくここから「芸の論理」まではあと一歩である。つまり、同じ文章の別の文脈を借りていえば、「見えない」ことを前提として固定させてしまい、そこからなお現実の総体をとらえようとするワリの悪い企てをはじめから放棄したうえで、言葉を自己のアイデンティティを保証する手段へ矮小化するのが、六〇年代詩人の「方法」であり、「芸」なのだということになる。たとえば清水昶の「遠い血のために」の冒頭を引いて、岡庭は次のようにいう。

> 青年のほそいうなじのように
> 密室で扇風器の首がひえている
> 真夏の死もちかい……
> くらしを集めて背後から吹く
> 風の方針もうしなわれ

> こういう詩は、私たちの心的な連続性としてある内部の自然への、抵抗感ぬきのもたれかかりいがいではない。むろん、「日本的な抒情」であるからただちに価値としての負《マイナス》などといった、「進歩」主義をなぞっているわけではない。どのようにこんにち的な主題をあつかっても、それを詩的な形象へと言語化しようとするとき、かならず私たちの内的な軛として、韻律や歌のすがたは、かたちをあらわさざるをえない。それは表現されようとしつつあるものと表現されたものとのあいだの、一種の折りあいである。伝統とは、こういう、言語における軛としてのみ、具体性でありうるだろう。

清水が自分では六〇年代詩人ではないと思っていること、この詩が清水の同傾向の作品のなかでは必ずしも出来のいいものではないことを前提にしていえば、ここで岡庭のいっていることはもっともである。確かに、この作品には「ほそいうなじ」とか「密室」とか「真夏の死」とか「くらし」とか「風」といった、日本人の閉鎖的な情念を類型化する詩語が出そろっている。これは類型的な日本の抒情詩であるといってしまうこともできる。しかし、そうかといってこれは、岡庭のいうような意味で「歌謡曲」でもなければ「CMソング」でもない。見ればわかるように、ここには「私たちの心的な連続性としてある内部の自然」に対する必死のあらがいが隠されており、むしろ不器用なといっていいほどに人工的な比喩が多用されている。にもかかわらず、それがたとえば四季派の抒情詩の再来と見えてしまうところに、いってみれば清水の「芸」の困難さがあらわれている。

同じことは天沢退二郎の作品についてもいえる。

雲海の彼方で恒星はひたすらに飛び
出血したエロスは市場通りを苦しくあえぎ登る
視界三六〇度にくるまれたおれたちの汗よ
それら極間のあらゆる橋をうちこわし
その破壊をもって唯一の橋とせよ
船がいまにわかに傾き霧のドラム乱調子
第一のオルガスムスの次に果樹を融かす夜気
おまえたちの内部を数多の詰がめぐる
つらい目覚めが次の女を求めて屹立していく

（「降下主題」）

この詩について岡庭は「彼の詩は、イメージの世界ではない。『出血したエロスは市場通りを苦しくあえぎ登る』というように、抽象語を主語にして擬人法を使うというような、語の使用における『工夫』が、彼の詩のすべてである」という。たしかに『目覚めが次の女を求めて屹立していく』といった叙述は、一見イメージのように見えて、決して像を結ぶことがない。それは自然構造にとらえられた一種の「論理」にすぎないのだが、ただ「論理」が本来持つべき責任を回避しているので、その分だけ「自由」な表現であるように見える、という岡庭の指摘は、きわめて刺激的である。ただ、その場合にも、詩とはもともと語の「使用」における「工夫」のことさ、という立場もありうるわけで、それをいちがいに「芸」として否定しさることはできないはずである。

結局、岡庭は六〇年代詩が現実との直接的な対応関係を見失って一種の技術的な志向性をしか持ちえず、しかもそのことに無自覚な状況を、「芸」という概念を導入することによって見事に腑分けしてみせてくれたのだが、ただ六〇年代詩などというものが所詮は詩壇ジャーナリズムの上に咲いた徒花にすぎないという当然の前提を見落としてしまったために、対象の仮装性を越えることができなかったといわねばならない。大切なことは、「六〇年代詩の運命」が状況に強いられた結果であるだけでなく、詩人たちがみずから望んで選びとった運命でもあったということである。とすれば、その帳尻は当然、詩人たち自身によって合わせられなければならない。

（「解釈と鑑賞」一九七六年十二月号）

修辞と思想のあいだ

吉本隆明が三年ほど前に書いた『戦後詩史論』という本のなかで、一九七〇年代後半の詩の状況を「修辞的現在」と名づけて以来、「修辞」という言葉はすっかり敵役になってしまった観がある。この詩は要するに修辞にすぎない、あいつはしょせん修辞派さ、というように。

しかし、いうまでもないことながら、詩はどの時代にあってもつねに修辞的なものである。あるいは一人の詩人にとって修辞的でない時代は一度もなかったといってもいい。詩人はいつでも彼の時代の最高の修辞を求めて詩を書いてきたはずである。

もちろん吉本氏も、修辞そのものを否定したわけではない。彼が批判したのは、あくまで修辞的な現代――すなわち詩人たちが修辞以外に自己表現の契機を持っていないという没思想的な詩の現状であって、表現の技術としての修辞そのものではなかった。つまり彼は、現代の詩人たちが修辞的でしかないことを批判したのである。

　私見によれば、吉本氏のこの批判は、詩人たちのあいだに二つの錯誤をつくりだした。一つは修辞的でしかないと批判された詩人たちの多くが、修辞そのもののいっそうの深化へと向かう代わりに、もはや修辞的でさえない弛緩した詩を書きだしたことであり、もう一つは、おそらくそれと同じことだが、安易な入門書ブームを呼び起こしたことである。平易な詩がいけないというのではない。入門書ブーム、大いに結構である。ただ、修辞的でないから思想的である、ということにはならないはずだし、表現が平明でありさえすれば誰でも詩が書ける、というものでもないはずである。むしろ平明な詩にこそ、高度に修辞的な表現の技術が要求されるだろう。

　その意味で、最近話題になった中桐雅夫の『会社の人事』（一九七九年十月、晶文社）は、技術的に示唆されるところの多い詩集である。冒頭の作品「やせた心」を引いておこう。

老い先が短くなると気も短くなる
このごろはすぐ腹が立つようになってきた
腕時計のバンドもゆるくなってしまった
おれの心がやせた証拠かもしれぬ

酒がやたらにあまくなった
学問にも商売にも品がなくなってきた
昔は資本家が労働者の首をしめたが
今はめいめいが自分のくびをしめている

おのれだけが正しいと思っている若者が多い
学生に色目をつかう芸者のような教授が多い
美しいイメージを作っているだけの詩人でも
二流の批評家がせっせとほめてくれる

戦いと飢えで死ぬ人間がいる間は
おれは絶対風雅の道をゆかぬ

わかりやすいといえば、これほどわかりやすい詩も珍しいだろう。ここにはいわゆる詩語の類はいっさい使われていないし、格別に深遠な思想が語られているわけでもない。詩人はただ老いの自覚のなかで世間の柔弱な風潮を嘆き、戦中世代の心情と決意を披瀝しているだけである。また技術的に見ても、特に華麗なテクニックが用いられているわけでもなければ、複雑な修辞法が採り入れられているわけでもない。むしろ「おれは絶対風雅の道をゆかぬ」という最後の一行は、この詩人の反修辞宣言であるとさえいえるだろう。

にもかかわらず、この詩が複雑で微妙な、まさに詩的なとしかいいようのない深い感動を呼び起こすのは、鍛え抜かれた表現の技術と、安定した詩型のたまものである。見ればわかるように、この詩は四、四、四、二の十四行詩になっており、各連が漢詩の起承転結に対応している。身近なところから筆を起こし、世間との意識のズレに及び、やがて現代文明批判に転じ、最後に決意の表明を以て締めくくるこの形式は、最も安定した警世慨世詩のスタイルであり、そこで作者の視点は見事なまでに一貫している。さらに注意深い読者なら、前三連の各行がそれぞれ独立した起承転結の構造を持っていることに気づくだろう。老い先が短くなると気も短くなる（起）↓このごろはすぐ腹が立つようになってきた（承）↓腕時計のバンドもゆるくなってしまった（転）↓おれの心がやせた証拠かもしれぬ（結）。この音楽にも似た古典的な輪廻の形式が、この詩の奥ゆきの深さと安定感をつくりだしていることはいうまでもない。

さらに見逃してならないのは、比喩のたくみさである。老いの自覚をゆるくなった腕時計のバンドに象徴させ、それを「心がやせた証拠」だというのは、一見さりげない表現ながら、積み上げられた詩人の年輪を感じさせる。しかもこの比喩は、ある物や言葉をあらわすだけでなく、いわば老いの論理そのものを象徴している。いいかえれば、この詩全体が還暦を迎えた一人の詩人の生の比喩になっているといっていいので、これはもはや修辞を超えた詩人の思想と方法の問題である。

同じことは長谷川龍生の最新詩集『バルバラの夏』(八〇年八月、青土社)についてもいえるだろう。この詩人はもともと戦後のアヴァンギャルドを唱道した「列島」の詩人として知られているが、その詩は最近一段と平明さをましてきている。しかし平明さと思想性が背馳しないのはもちろんであり、むしろかつての方法意識が後退した分だけ技術的に洗練されてきたともいえる。冒頭の詩「ガブリエル通りのバルバラ」の第一連は次のようなものである。

「友だちと出会う場所」という古彫板のかかってい
　るカフェで
軽いボージョレをあおっていた
二人組は　不意の客には目もくれなかった
ぎいこぎいこ　ばね扉をおして
配管工と削《はつ》り屋が一杯ひっかけに寄っただけのうす
　ら寒い
午後バルバラは来ない

これは、詩人自身を思わせる主人公が異国の町の裏通りのカフェで「バルバラ」という女性を待っている場面の描写である。叙述は一見散文的だが、表現に細心の詩的技巧がほどこされており、どんな韻文詩にもない詩的なイメージ喚起力がある。まず表現の主格が注意深く消されている。ここで「不意の客」と呼ばれているのはおそらく作者自身なのだが、それを示す人称代名詞は一度も使われていない。ただ先客である配管工と削り屋の視線（それも「目もくれなかった」というかたちでの）によって、その存在が示されるだけである。「私」はそこでバルバラを待つ。だが、いつまでたってもバルバラは来ない。そうなると「友だちと出会う場所」というカフェの名も、なにやら象徴的な意味を帯びてくる。

この詩は、これだけのわずかな描写によって、異邦の街にある主人公の違和と孤独、あるいは何者かの不在という哲学的な主題をあざやかに提示している。それを可能にしたのは、ひとつにはもちろん作者の実体験であったにちがいないが、より本質的には、実在を通して不在を透視するという、この詩人の一貫した表現技法である。むしろ、そのような詩人の眼が、ここにある体験を招き寄せたのだといっていい。

　さて、吉本隆明によって「修辞的現在」を代表する詩人と名指された荒川洋治も、近年は平明でわかりやすい詩を心がけているように見受けられる。しかし、そのわかりやすさはあくまで主題に即したものであって、技法的にはいっそう洗練と巧緻の度を深めている。その最新詩集『醜仮廬《しきかりいお》』の表題作「醜仮廬」は次のように書き出されている。

空模様
それだけで人出があった
出たついでに
仲間で野草を見ている
川流れのもので
そうめずらしいものではないという
この、しきかりいお

　まず目につくのは表現の省略である。空模様（がいいという、ただ）それだけ（のこと）で（思わぬ）人出があった。（人々は）出たついでに（そこにある）野草を見ている（それは）川流れのもので、そうめずらしいものではないという。……このカッコの部分が省略された分だけ言葉にはずみがつき、詩的な快美感が強まっている。そしてそれを「この、しきかりいお」と体言で受け止める間合いのとり方がいい。それまでの散文脈がこの一行ですっと立ち上がり、作者の詩の世界に引き込んでしまう。このあたりの呼吸は、ほとんど天性のものだといっていいだろう。この詩は次のように終わっている。

ちいさいもんだけど
これ、水からとれた魚なの
といって

近在の子が
ひかりものを寄こした
骨のあるところを
見せて眠れ
この、しきかりいおは

これを見れば、修辞的であることが決して思想性と背馳しないことが感得されるだろう。詩にあっては、どんな思想も十全に表現されていなければ意味がない。十全に表現されて初めて、思想は思想の名に値するだろう。その意味で、詩の思想性とは結局、表現の技術の問題に帰着するといっていいのだが、これらの詩人たちは、三者三様のかたちで、その可能性を示している。

（「国文学」一九八〇年十一月号）

秋夕論のためのエスキス

『去来抄』の同門評に、ちょっと面白い挿話がある。風国という門人が、近ごろ山寺の晩鐘を聞いてもちっともさびしくないというので「晩鐘のさびしからぬ」云々という句をつくった。これに対して去来は「是、殺風景なり。山寺と云ひ、秋夕と云ひ、晩鐘と云ひ、さびしき事の頂上なり。しかるを、一端游興騒動の内に聞きて、さびしからずと云ふは、一己の私なり」とたしなめたというのである。

俳諧はその場の「情」（実感）もさることながら、なによりも「本意」が大切だ。山寺、秋夕、晩鐘といえば、古来「さびしき事の頂上」とされてきた。それを「さびしからず」などというのは生意気だというのが去来の言い分である。門人のちょっとした思い付きを「一端游興騒動の内」（遊び半分にというほどの意味だろう）などという堅苦しい口調でとがめたところに、俳諧を人生修業の「道」と心得ていた落柿舎主人の面目があらわれている。同門の人々はさぞ窮屈な思いをしたことだろう。この挿話は、去来の時代にはすでに、秋の夕暮、山寺の晩鐘といえば「さびしき事の頂上」という通念があり、それが「本意」として確立されていたことを物語っている。この場合の「本意」はもちろん「本来の意味」ではなく、俳人たちに共有されている文芸的なコノテーション（伝統）のことである。「此道や行人なしに秋の暮」「枯枝に烏のとまりけり秋の暮」といった芭蕉の句が、その「本意」形成にあずかって力があったことはいうまでもない。

しからば、こうしたコノテーションはいつどこで成立したのだろうか。『万葉集』に秋の夕暮をうたった歌はたくさんあるが、そのさびしさを主題にしたものは一首もない。万葉人にとって、秋はどこまでも澄明な稔りの季節だった。「夕されば小倉の山に鳴く鹿は今宵は鳴かず寝にけらしも」（舒明天皇）、「夕月夜心もしのに白露の置くこの庭にこほろぎ鳴くも」（湯原王）といった歌にはかすかに悲哀の情が感じられるものの、それはなお寂寥や悲愁といったイメージからは遠い。

平安時代に入っても、秋の夕暮はまだそれほどさびしいものではなかった。いちばんわかりやすい例は『枕草子』である。

秋は夕ぐれ。夕日のさして山の端いと近うなりたるに、烏の寝所へ行くとて、三つ四つ二つ三つなど飛びいそぐさへあはれなり。まいて雁などの列ねたるがいと小さく見ゆるはいとをかし。日入りはて、風の音、虫の声などはたいふべきにあらず。

清少納言はここで秋の景色は夕暮に限るといい切っている。この時代の「あはれ」は「しみじみといい」という意味で、悲哀のニュアンスは含まれていない。現代の語感では「ああ、いいなあ」に近いだろう。秋の夕暮は、春の曙、夏の夜、冬の早朝と並んで、趣深く風情あるものの頂上と考えられていたのである。

『古今集』には整然たる四季の部立てがあり、その「秋歌上」には漢詩由来の「悲秋」の主題があらわれる。「月みれば千ぢにものこそかなしけれわが身ひとつの秋にはあらねど」（大江千里）、「奥山に紅葉ふみわけ鳴く鹿のこゑきく時ぞ秋はかなしき」（よみ人しらず）には、当時の宮廷人に愛読された『文選』『白氏文集』の影響が明かだが、これらの「かなし」はまだ借り物の観念であって、作者の身についた感傷にはなっていない。

こうして移入された中国的な「悲秋」の観念がやがて仏教の無常観と結びついて日本的な「悲愁」を生み出し、それはさらに日本的な美意識としての「寂寥」を育てることになるのだが、その深化の過程を最もよくあらわしているのは『新古今集』の秋の歌、わけても「三夕《さんせき》」である。


心なき身にもあはれは知られけり鴫立つ沢の秋の夕暮　西行

さびしさは其の色としもなかりけり真木立つ山の秋の夕暮　寂蓮

見渡せば花ももみぢもなかりけり浦の苫屋の秋の夕暮　定家

こうして三首を並べてみてすぐ気づくのは、いずれも最初に否定の句を置き、下の七七でそれをひっくり返す逆接行文になっていることである。

西行は自分のように風雅を解さぬ朴念仁にもと謙遜してみせたあとで、鴫立つ沢の「あはれ」をうたいあげる。西行が当代きっての文化人であることは天下周知のことだから、この謙遜には何の意味もないのだが、眼前の美を強調するためには、まず自分を否定してみせることが必要だったのである。注意深い読者なら、この「あはれ」にはすでに仏教的な無常観が浸透していることを見逃さないだろう。

寂蓮は、さびしさは何も紅葉の色と限ったことではないと従来の通念を否定したうえで、真木（常緑樹）ばかりのこの山にも捨てがたい秋の風情があるではないかという。これはいわば新しい「秋の夕暮」の発見である。定家になると、通念の否定はさらに徹底している。ここには春の桜もなければ秋の紅葉もない。ただうらぶれた漁師小屋があるばかりだ。にもかかわらず、いや、むしろそれゆえに、私はここに美の極致を見る。君たちにこの幽玄の境地がわかるかねと問うているのである。

前代の通念の否定のうえに、こうして新しい秋の夕暮の通念がつくられた。それは宗祇や芭蕉の讃仰と実作を通じて強固な文芸伝統として確立された。それから四百年、秋の夕暮は「さびしき事の頂上」というコノテーションは、依然として日本の詩のなかに生き続けている。いいかえれば、定家、芭蕉を超える詩は、まだ書かれていない。

（「長帽子」六十九号、二〇〇七年九月）

ペシミストとは誰か

信濃毎日新聞の記者、畑谷史代さんが昨年（二〇〇七年）十月から三十回にわたって同紙文化欄に連載した「石原吉郎沈黙の言葉——シベリア抑留者たちの戦後」は、近年まれに見る力作だった。石原吉郎論は（私の書いたものも含めて）掃いて捨てるほどあるが、これほど取材と情理の行き届いた評論はこれまでになかったといっていい。しかも見逃せないのは、これが戦争も安保闘争も知らない若い女性記者によって書かれたという事実である。石原吉郎没して三十年、その詩と思想の水脈はまだ涸れてはいなかったのである。

この評論に刺激されて、久しぶりに石原吉郎の著作を読み返した。そして改めてその表現者としての大きさを思い、ひるがえって自分のだらしなさを痛感させられた。石原が帰還後二十年ほどの間に成し遂げた仕事に比べれば、わたしの書いてきたものなどは屁のつっぱりにもならない。「おい青年将校」（というのが、石原夫妻から頂戴した私の綽名だった）、もっとマジメにやれ」と叱られたような気がしたのである。

石原の一連のエッセイのなかで最も重要な作品は、私見によれば「ペシミストの勇気について」である。「思想の科学」一九七〇年四月号に発表されたこの文章は、「位置」「条件」といった哲学的命題詩の背景を語るものとして重要なだけではなく、いわば石原の詩と思想の「水準原点」を示していると思われるからだ。

石原はそこで、荒涼たる収容所生活を背景に、鹿野武一という男の肖像を描き出す。鹿野は京都薬専卒のエスペランチストで、年齢は石原より二つ年下だったが、兵としては一年先輩である。二人は東京の陸軍露語教育隊で知り合い、満州で同じ情報部隊に所属した。シベリア抑留後もカラカンダ、バム鉄道沿線、ハバロフスクとほぼ同じ径路をたどった。

作業現場への行き帰りに、囚人は五列の隊伍を組まされる。雪道に足を滑らせただけでも逃亡と見なされ、警備兵に射殺される。そのため囚人たちは争って内側の三列に潜り込もうとし、体力のない者が外側の二列に押し出された。こうして加害者と被害者の位置がはげしく入れ替わるなかで、鹿野はいつも自ら進んで外側の列に並んだ。そして作業場に着くと、指名されるのも待たずに一番条件の悪い持ち場を選んだ。

ハバロフスクの収容所で、鹿野はとつぜん絶食をはじめた。石原が自分も絶食するといったので数日で中止したが、収容所側はこれを一種のレジスタンスとみて執拗に取り調べた。しかし、鹿野はついにその理由をいわなかった。しびれを切らした取調官は最後に「人間的に話そう」と切りだした。この場合の「人間的に」は、これ以上は追及しないからこちらの内通者になれという意味である。これに対して鹿野は「もしあなたが人間であるなら、私は人間ではない。もし私が人間であるなら、あなたは人間ではない」と答えたという。

こうした鹿野の行為を、石原は「ペシミストの勇気」

と呼ぶ。

この勇気が、不特定多数の何を救うか。私は何も救わないと考える。彼の勇気が救うのは、ただ彼一人の「位置」の明確さであり、この明確さだけが一切の自立への保証であり、およそペシミズムの一切の内容なのである。単独者が、単独者としての自己の位置を救う以上の祝福を、私は考えることができない。

これは果たして「勇気」の問題なのだろうか。石原の揚言にもかかわらず、私にはただ「加害者」として生き延びることにある種の罪障感を持たずにはいられない心弱き知識人の自殺願望のあらわれとしか思えない。しかし、鹿野よりは少しだけ生命力の強かった石原の眼には、それが明確な「位置」を持った「単独者」の「勇気」ある行為として映ったのである。

いまにして思えば、鹿野武一という男の存在は私にとってかけがえのないものであった。彼の追憶によって、私のシベリアの記憶はかろうじて救われているのである。このような人間が戦後の荒涼たるシベリアの風景と、日本人の心のなかを通って行ったということだけで、それら一切の悲惨が救われていると感ずるのは、おそらく私一人なのかもしれない。

この結語は美しい。美しすぎる。ここにはおそらく「単独者」になろうとしてついになりきれなかった石原の「ありうべきもう一人の私」が投影されている。こうして鹿野武一は私たち読者にとっても生きながら一個の「神話」となったのだが、この「神話」をぶち壊したのは、ほかならぬ鹿野自身だった。

石原と同じ抑留体験を持つ落合東朗の『石原吉郎のシベリア』（論創社）によれば、帰国後薬剤師として再出発しようとして挫折した鹿野は、妹登美に宛てた手紙のなかで、自分は「虚栄心の皮をかぶったポーズ人間」だと告白している。

> だからあの（シベリアの）生活で自分が敬意を払ったのは、すっかりむき出しの人間性を発揮した人々でありながら、その人達には近付く勇気がなく、多くを語り合ふ機会を持ったのは、ポーズを持った人々であったと言へませう。純真な人々の中には自分のポーズに欺かれて近寄って来た人も二、三ありましたが。

この告白がポーズ人間のもう一つのポーズではないと信じることにすれば、ここには無二の親友であったはずの石原に対する重大な背信が語られている。石原は鹿野のポーズに欺かれて近寄ってきた「純真な人々」の一人にすぎなかったことになるからである。真相が奈辺にあったか今となっては確かめようがないが、私はなお鹿野の「勇気」を信じつづけた石原の美しいペシミズムを信じたいと思う。

（「長帽子」七十号、二〇〇八年八月）

解説

郷原宏の詩について

荒川洋治

詩を書く人は、どんな詩を書いていくのだろう。

このシンプルな問いかけについて考える場所で、郷原宏の詩はとても大切なものを提供してくれる。教示してくれる。ぼくの好きな作品を読みながら、できるだけ自由に書いていければと思う。

一九四二年（昭和一七年）に生まれた郷原宏（ごうはら・ひろし）は、第一詩集『執行猶予』（思潮社・一九六六）を皮切りに、第二四回H氏賞を受賞した『カナンまで』（檸檬屋・一九七四）、『風の距離』（紫陽社・一九七六）、『探偵』（紫陽社・一九七九）、『冬の旅・その他の旅』（紫陽社・一九八四）と、現在までに、五冊の詩集を刊行したが、それらの詩編の全編が本書に収録されることになった。郷原宏はどんな詩を書く人なのか。未知の読者が眺望を得るには絶好の機会である。

ちなみにぼくは『カナンまで』『風の距離』『探偵』『冬の旅・その他の旅』の四冊の編集、制作にあたらせてもらった関係で格別の親しみがある。今回本書の校正を見ながらも、初刊に誤植はなかったろうかと点検しているくらい四冊への思いは近しく、また深い。この四冊に先立って、郷原宏の最初の詩論集『反コロンブスの卵』（檸檬屋・一九七三）の制作にもあたった。そこからの出会いだった。ちょうど今年で四〇年になる。

本書に付された「郷原宏年譜」を目にし、あらためて郷原宏の多岐にわたる活動を知ることになるが、とりわけ一〇代から二〇代の記録は、ぼくにははじめて知ることがほとんどで、詩を書く人の長い物語をたどっていく思いになる。以下、「詩の物語」を読んでいこう。

第一詩集『執行猶予』は、一九六〇年代のなかばに書かれたもので、当時の「時代のことば」を深く吸い込んだうえで、独自の抒情世界をつくりあげている。「カサブランカの二時に止まれ」の最終節の鋭さはとりわけ印象的だ。

歴史　森　森の小鳥
不均衡な肩　マリンバの音
もしかしたら
カサブランカの二時に止まる

そのあとの詩集は、一九七〇年代、一九八〇年代前半ということになる。時事性をもったもの、詩の生活をうたうもの、内省的なもの、聖家族的な世界をしるすものなど、素材も作風も文体も多彩だ。自分のなかに「探偵」をはじめとする、もうひとりの存在をしのばせて、たたかわせ、日常や社会の本質をとらえようとするものも多い。しかし一貫して流れるものは、ことばとどう向き合うのか、ことばをどう体験するのか、ということなのだと思われる。それは時期、時代をこえて、詩を書く人の根幹の問題だと思われるので、『カナンまで』『風の距離』『探偵』『冬の旅・その他の旅』を中心に、「作品」単位で見ていくことにしたい。

詩集『カナンまで』のうしろから三つ目に置かれた詩編「乾いた夢」全編。

起きぬけに夢はぬれていた
三丁目のバス停のそばに
透明な神さまがいるような気がして
角を曲がると夕焼けがあった
母はいつもいっていた
学校の裏の坂道に知らない花が咲き乱れ
沈丁花の根もとから旅人が立っていく
おまえは死ぬんじゃありませんよ
するとどこにもいないのだった神さまが
ではなくぼくの夢が
専一に木のようにやせて
走っていく夕陽のはてに
人はいつもいないのだった

さよならぼくの死んだ人
あなたはいつか孤独なおもかげ
クギのようにひとつひとつ
ぼくたちの死は拾われる

初版『カナンまで』では、六四頁、六五頁に登場する作品だ。この詩集には「井戸」「兵士の休暇」などいい作品が他にもあるが、とりわけ「乾いた夢」は、ぼくの心にも刻まれた作品である。

「乾いた夢」は、誰もがどこかで体験するような夢の話だが、これを読んでいて気づくことは、ことばの運びがとてもなめらかだということだ。この一編のなかには、意味のうえで「つながりくにい」箇所がいくつかある。それまでのものをさかさにするような、そこからは逆向きになるようなところだ。「するとどこにもいないのだった神さまが」がそうであり、それにつづく「ではなくぼくの夢が」もそれである。つながりにくいものが、二つつづいていることになる。これによって、この詩の世界は、ふくらみをもち、それはそのまま全体の印象をかたちづくることになる。

おまえは死ぬんじゃありませんよ
するとどこにもいないのだった神さまが
ではなくぼくの夢が
専一に木のようにやせて
走っていく夕陽のはてに
人はいつもいないのだった

あらためて引くが、この六行、とくに最初の三行は、視覚的にも回転の速い一節で、これだけを見ても美しい。でもぼくはもうひとつ、とてもだいじなことに気づかされるのである。それは「行分け」つまり行換えのことである。詩は、改行のところに現れる。どのように行をあらためるかにすべてがかかる。そこにたんに詩を書く人と、郷原宏のように、詩を書くことのできる人の分岐点がある。詩と散文のちがいということはいつも話題になるけれど、詩の場合は、「行分け」というスタイルを選んだ以上、そこで詩を示していかなくてはならない。生きていかなくてはならない。でもそれができない人が、詩を書く人の、実は多数を占めるのである。

郷原宏の詩は、この「行分け」の感覚が際立ってすぐれているように思う。少しの無理もないのだ。なめらかであり晴々としている。くもりがない。そのために、「つながらない」ところも、いつのまにか結ばれてしまうのだ。他の詩で、見てみることにしよう。同じ詩集の「土用波」の一節。

忘れないでほしいのだが
陰陽五行説によれば
春は木の
夏は火の
秋は金の　そして
冬は水の支配下にあって
なぜか
土には季節がない
ぼくたちの木の春
燃える夏
ぼくたちの金色の秋
凍る水の冬
だが土には季節がない

きみがやってくると
ぼくは波のかたちにたわみ
土のように汗を流した

「陰陽五行説」から発想を得たこの詩は、春夏秋冬の順に、「行分け」をしながら、読者を「ぼくたち」から「ぼく」の世界へと絞りこんでいく。それはさほど特別な手順ではなく、一般的な語りの方則によるものだが、最後の三行は、「陰陽五行説」の世界でも、その解釈でもない。この詩がつくる世界だ。熱くなりがちなところなのに、ここでも「行分け」は坦々として、自然。たくらみがない分だけ、余計に読むものを魅了する。同じく「遠景のなかで」の一節。

人は遠景のなかで行為をやめ
釣竿をたたみ
愛のように他人を欺き
手足を切りとり
傷口をしゃぶりながら　家路につくのだ。
遠景のなかで
たとえば喉にささった針の痛みを
やさしいしぐさでまぎらわせながら
確かな足どりで家に帰るのだ。

「傷口をしゃぶりながら　家路につくのだ」が、「傷口をしゃぶりながら」「家路につくのだ」の二行に分解されなかったのは、ここをひといきに進みたかったからで、そのために次の「遠景のなかで」という単独の行が生きる。いきいきとしたものになる。「やさしいしぐさでまぎらわせながら」「確かな足どりで家に帰るのだ」は、さきほどの「土用波」の終部と同じで、一転抑えた表現になっている。こうした「行分け」のセンスは、郷原宏の詩の随所にみられることで、ことばが運ばれるようすを見るたびに、ぼくは多くの場合、陶然とした気持ちを味わうのだ。むろん作者にとっては、特別なことではないかもしれないが、そうではないものにとってはまばゆいものなのである。一九六〇年代には、さまざまな詩人が現れたが、郷原宏は、詩を書く人として大切な、詩の基点であり、詩のいのちともいうべき「行分け」の感性を、ゆたかにもっていた。「確かな足どり」は、詩を書く人としての姿だったのだと、あらためて思う。

本書には、『冬の旅・その他の旅』以降に書かれた「未刊詩篇」も収録されているが、そのなかの「五月の朝」もいい作品だ。この詩は、一三歳のときから親しんできた親鸞への思いを記したもの。「年譜」によると、「このころ親鸞に傾倒し、梅原真隆訳註の角川文庫版『歎異鈔』を常時学生服のポケットに入れて持ち歩き、人に隠れて音読した」(一九五五年の項)。

「親鸞は雨の中に立っている/雨が親鸞を濡らしている」

とつづったあと、次の一節が始まる。

あの棒のように剛直で
絹糸のように繊細な雨の中に
私は立ちたい
わたしのいちばん深いところを濡らし
その上に積もった塵を洗い流し
私の中に若い果実を育てる
あの白い雨の中に立ちたい

「白い雨」は、「絹糸のように」ということばから出ているのだろうか。「五月の朝」からなのか。それとももっと深甚な場所から生まれているのか。ぼくにはさだかではないが、一見唐突に差しだされることばは、読みおえたあとの余韻を深める。この「白い雨」も、「あの白い雨の中に立ちたい」という一行のなかに、控え目に記されている。そこが美しいのだと思う。

郷原宏は、ことばが詩のなかの、もっともいい場所にある、という詩を書いたのである。そしてそれはひとつのことばを生かしただけではなく、一編の詩を生きたものにする力となって、詩の総体にはたらいた。その主動力となったのは、詩のことばの場所と、通路を知る能力だ。ことばの感覚や理解は、経験によるものばかりとは思えない。経験以前のもの、人がことばとふれあう以前から、無意識のうちに人のなかにあるものを、静かに引き出す力が必要だ。その意味で、郷原宏の詩を読むことは、ことばの前後や、まわりにあるものすべてについて考えることだ。経験をこえたものについても想像することだ。それはいま詩を書く人たちのもとでも失われた思考のひとつである。

もうひとつ、特長がある。それは「…をした」と「…をしなかった」が同列に並ぶことである。第一詩集『執行猶予』から、それは顔をのぞかせている。「夏の終りに」の一節に、「きょう多くの書類を決裁した/だが詩は書かなかった」とある。「した」ことと、「しなかった」ことが、きびすを接して記されるのだ。『風の距離』の「遥かなる旅」には、「ぼくたちはいつも／夢のなかで出会ったものだ／ぼくたちは何も見ることをしなかったし／どこへも行こうとはしなかった」とある。また、『探偵』の「消息」には、「ぼくはきょう／雨上がりの町を歩いてきた／夢は見なかった」。

　実は、見たり、感じたり、夢を求めたりという領域を「察知」しはしたものの、いまはそれがなくてもいいのだという詩作上の態度のようなものなのだろう。つまりこれらは、ある種の含羞の表現ともとれるが、「する」「しない」が「考える」という世界にまといつくと、この傾向は強まり、別の意味を吐きだすことになる。その場面は、郷原宏の詩が深みをますときでもある。『探偵』の「雨」と、未刊の詩「帰郷——石原吉郎に」の一節。

深く考えなければ
人々は愛し合っていて
この世は生きるにあたいする
「男の首」は昔の話で
「黄色い犬」はすでに去った
深く考えさえしなければ
（「雨」）

風を聴く
ただ風を聴く
何も考えない
あるいは
何も考えないことについて考える
（「帰郷」）

あわせて、『冬の旅・その他の旅』のなかで、もっとも感銘の深い詩のひとつ、「手の地平」も読んでおきたい。「深夜いきくれて／手のほとりにひとり／たたずむことがある」からはじまる。手は「辺境であり」、「地方であり」、「岬である」としたあとのフレーズ。

だから見えるようでいて

実は不可視のものであり
触れられるようでいて
実は不可触のものである
その不可視と不可触を祈りの形に組み合わせると
そこに野太い農夫の声があらわれる
お父さん
あなたは四十歳のとき
何も考えないときは何を考えていましたか

このあと、この問いをうけた父や母がどのように答えるかも見落としてはならないことだが、それ以前のこととして、「何も考えないときは何を考えていましたか」という「ことば」そのものがぼくには印象的だ。

これは「不可視と不可触を祈りの形に組み合わせる」という「ことば」と溶け合うものだ。「する」「しない」を「祈りの形」にして合わせるとき、そこに「何も考えないとき」に「考える」世界が、現れてくるのだ。ぼくはそのように読んだ。

郷原宏は、ことばが思考そのものとなるような書き方をした。ひびかせた。それは作者がすぐれた批評家であるためばかりとは思えない。一編の詩が、考えながら運ばれ、次のことばに引き継がれる経過を、詩のなかで示したことになる。人も物もすべては、詩のなかで、詩のことばのなかで示されるとこのようなものになることを表わした。詩ということばの空気に、すなおにつなぎながら、ことばの不変の光景を強く、影のようににじませた人なのだと思う。

さらに、もうひとつ今回気づいたことがある。それは一編の詩の「閉じ方」である。

『風の距離』の一篇「多摩」は、子どもと動物園をめぐる詩だが、「ぐるっと廻って疲れたら／フラミンゴみたいに眠れ」と結ぶ。少し唐突だが、それまでのところで動物についての感想を述べ終えているから、ふさわしいともいえる。『冬の旅・その他の旅』の表題作「冬の旅」はどうか。

物語にならない年月を生きてきた
胴を断ち割ってみれば
黒い年月が見つかるだろう
さあ　リュックのひもを締めろ
オホーツクはもうすぐだ

『風の距離』の「鬼」は、郷里出雲の風物を浮かべた詩だが、その終わりの一節。

葱を生やす
母の背後には暗く長い廊下があって
竈《くど》のすみに
鬼が一匹棲んでいた
しかし　ここには
振り返るべき廊下もなければ過去もない
お湯を煮立てて鰹節をけずり
豆腐と味噌を入れれば
さあ　出来上がり
飯がすんだら
「コーザ・ノストラ」を見に行こう
ぼくたちの鬼をさがしに

これらは一見単純な「閉じ方」に見えるかもしれないが、ぼくはこうした部分を読みながら、果てしない流浪の物語を見るような気持ちになった。詩は、物語るものではないが、もし詩を通して、家族あるいは郷里について語るべきものがあったとしても、それはさほど、重厚なものにならない。それが「行」をあらためて生きていく詩のさだめであり、うるわしい点でもある。だから「多摩」も「冬の旅」も、そして「鬼」も、足もとを見つめ、ものをみとめたところで、消えていくのである。これらを判断の停止、詩の停止とみてはならない。

郷原宏のこの三編を読んでいると、作者は、定住型の人であるとは思えない。流浪の人、「流れもの」とさえいいうるような、ゆたかな旅心をいっぽうでもった人であるように思われる。

郷原宏の詩のなかには、「兵士の休暇」（『カナンまで』）や「春」（『冬の旅・その他の旅』）など、記者として取材したときの模様を書いたものもいくつかある。それらは、他の郷原宏の詩と比べると、社会の空気を濃厚にとどめるものだが、詩を書く自分と、社会的な仕事のかかわりについて、かなり複雑な気分を表わしたものもあることに気づく。詩を書く人が、書くものは、何か。何にふるえているのか。どれをよろこびとするのか。それらの条項にとりかこまれながら、詩がひとつひとつ息をし、高まり、保たれていく。そういう道筋に生きることを選んだ人のものである。流浪の人のおもかげを見るのは、生活との距離を詩にうたうからではない。詩そのもののなかに、流浪をうながすものがある。育てるものがあるのだ。それが「多摩」「鬼」から「冬の旅」へつづいた道なのだ。その道を彩る「白い」光が、郷原宏の詩の光なのだとぼくは思う。本書によって、郷原宏の詩の世界がこれまで以上の多くの人に届けられることになる。年来の読者として、とてもうれしいことである。

本書には、数多い評論著作のなかからエッセイ四編が再録されている。いずれも犀利で内容の濃い作品だ。たった四編だが、慄るべき「アンソロジー」である。

「六〇年代詩の運命」は、一九六〇年代の日本の詩を論じたもの。「修辞と思想のあいだ」とともに熟読すれば、この二つの文章だけで、その前の時代の詩も、あとの時代の詩のことも理解できる。詩の読者には欠かせないテキストである。「秋夕論のためのエスキス」は、古典を縦断するもの。「通念の否定」を深化、徹底することで、日本の文学が歩みを深めていくようすが鮮やかに、印象的に描かれる。

最後に置かれた「ペシミストとは誰か」は、『反コロンブスの卵』の「ロシナンテの逆説」以来、著者が早くから論じてきた、石原吉郎についての最新の文のひとつ。「石原の美しいペシミズムを信じたいと思う」という結びのことばは、心にひびく。それは詩を信じ、詩を生きる、詩人郷原宏のことばである。

郷原宏年譜

一九四二年（昭和十七年）　当歳

五月三日、島根県簸川《ひかわ》郡西田村字西々郷（のちに平田市西郷町、現在は出雲市西郷町）に、父新造、母吉野の三男（男ばかり四人兄弟の第三子）として生まれる。生家は在村の小地主だったが、戦後の農地解放で没落した。

一九四五年（昭和二十年）　三歳

八月、敗戦。近親に戦死者はなく、戦争の記憶もない。ただし、芋飯、すいとんを食べた記憶はある。

一九四九年（昭和二十四年）　七歳

四月、西田村立西田小学校に入学。一学年一クラスの小さな学校だった。片道四キロの県道を徒歩で通学。冬は風雪が厳しかった。学業成績はよく、毎年一学期の級長に選ばれた。

一九五一年（昭和二十六年）　九歳

四月、西田村が隣接の平田町に吸収合併される。

このころ、熱心な浄土真宗門徒だった母に連れられて近在の寺の講に参座し、本山から来た高僧の法話を聞く機会が多かった。何よりもまず「なんまんだぶ」の唱和の美しさに心うたれた。またベイゴマ、メンコ、チャンバラ、ターザンごっこに熱中した。野球は巨人、相撲は吉葉山の熱烈なファンだった。

一九五四年（昭和二十九年）　十二歳

四月、学区改変により平田町立平田小学校六年生に転入。このころ学校の図書室で江戸川乱歩の「少年探偵団」、ルブランの「怪盗ルパン」シリーズ、キューリー夫人やシュバイツァー博士など外国の偉人伝を愛読した。

一九五五年（昭和三十年）　十三歳

一月、町村合併により平田市が誕生。

四月、平田市立平田中学校に入学。

五月、裏山の松林の鷹の巣から雛を一羽盗み、ピー子と名づけて飼育する。しかし、その餌として毎日十数匹の蛙を殺すことに罪悪感を覚え、一か月ほどで放鳥した。
このころ親鸞に傾倒し、梅原真隆訳註の角川文庫版『歎異鈔』を常時学生服のポケットに入れて持ち歩き、人に隠れて音読した。

一九五六年（昭和三十一年）　十四歳
この年から翌年にかけて、学校の図書室で河出書房版「日本文学全集」八十数巻を読了。特に太宰治と中島敦に惹かれた。また、このころから詩を読み始め、島崎藤村、佐藤春夫、萩原朔太郎、中原中也、立原道造などを愛唱した。

一九五八年（昭和三十三年）　十六歳
四月、島根県立平田高等学校普通科に入学。新聞部と文芸部に所属し、年に三回「平高新聞」を発行するかたわら、文芸部誌「ぷらたなす」に詩とエッセイを発表。また筑摩書房版「世界文学大系」百二巻の読破を企て、一日百ページ読むことを日課とした。

一九六〇年（昭和三十五年）　十八歳
六月、第一次安保闘争。
八月、先輩の東大生長谷川宏、後輩の大谷摂子らと同人誌「無秩序」を創刊、処女評論「枯葉の美学—太宰治論」五十枚を発表する。また長谷川の影響で政治意識に目覚める。夏休みに中里介山『大菩薩峠』を読了。ハメット、チャンドラー、レイ・ブラッドベリを愛読。

一九六一年（昭和三十六年）　十九歳
四月、早稲田大学第一政経学部新聞学科に入学。練馬区下石神井の音楽家松浦光方に下宿。革命的共産主義者同盟の周辺で退潮期の学生運動に参加したが、翌年革マル派と中核派に分裂した際に離脱する。

一九六二年（昭和三十七年）　二十歳
春、杉並区荻窪の弁護士小西方に下宿。秋、東伏見の早大学生寮に移る。先輩の太田博（のちの各務三郎）に感化され、短歌と海外ミステリーを乱読。
十二月、望月昶孝らが創刊した学内同人誌「廃墟」に四号から参加、短篇小説を発表。

一九六三年（昭和三十八年）　二十一歳
　一月、高校の文芸部顧問だった大場茅郎らと詩誌「太陽の黄金の林檎」を創刊、六四年四月までに四号を出す。

　五月、望月祀孝と詩誌「長帽子」を創刊。タイプ謄写印刷で十六頁の小冊子だった。発行所は大田区雪が谷町の望月方。編集実務は郷原が担当。望月が「創刊のことば」を、郷原が「編集後記」を書いた。詩「たたかい」「石との関係」を発表。

　七月、「長帽子」二号から四号（十一月）まで評論「ロマネスクへの脱出」を連載。

　八月、「廃墟」の同人だった山本静江（のちの山本楡美子）、熊谷葉子らと同人誌「黙示」を創刊、短篇小説を発表。六四年十一月までに四号を出す。

一九六四年（昭和三十九年）　二十二歳
　一月、「長帽子」五号に詩「冬の死または愛」を発表。この号から高橋秀一郎同人参加。

　六月、「長帽子」七号に評論「詩と存在するもの――私のマキについて」を発表。この号から葛西洌同人参加。

　八月、ＮＨＫと読売新聞社の入社試験を受け、読売新聞社に合格。

　十月、「長帽子」九号に詩「婚約」を発表、評論「近代詩史ノート」の連載を開始。

一九六五年（昭和四十年）　二十三歳
　三月、山本静江と結婚、岩倉誠一教授夫妻の媒酌により神田明神で挙式。所沢市久米の新居に住む。

　四月、読売新聞社に入社、横浜支局に配属される。川崎市東門前のアパート、横浜市西区久保町のアパート、同市中区元浜町の公社住宅、相模原市の相武台団地に移り住む。支局では警察回りをへて三年目から県警キャップ、四年目から県政を担当。

　六月、「長帽子」十三号に詩「カナンまで」を発表。この号から安宅夏夫同人参加。望月の広島転勤に伴い発行所を板橋区弥生町の高橋方に移す。

　十一月、「新詩篇」「長帽子」合同号発行。風山瑕生、

石原吉郎、川西健介、角田清文、平井照敏が寄稿。このころから石原吉郎との親交はじまる。
十二月、「長帽子」十六号に詩「冬の旅・終わりの夏」を発表。この号から橋本真理同人参加。
一九六六年（昭和四十一年）　二十四歳
五月、第一詩集『執行猶予』刊行。発行所は思潮社となっているが、実際は自主制作の私家版だった。
一九六七年（昭和四十二年）　二十五歳
三月、「長帽子」二十一号に詩「海または殺人者の擁護」を発表。この号から正津勉同人参加。
五月、「長帽子」二十二号（横浜版）に評論「非望の美学とその敗北性―戦後詩論の転換を求めて」を発表。
一九六八年（昭和四十三年）　二十六歳
三月、成田空港建設反対闘争を取材。
十二月、三億円事件を取材。
一九六九年（昭和四十四年）　二十七歳
五月、「長帽子」二十八号に評論「詩における近代主義の破産について」を発表。この号に中上健次ゲスト参加、羽田で肉体労働のアルバイトをしていると語る。
一九七〇年（昭和四十五年）　二十八歳
このころ嵯峨信之の知遇を得、「詩学」に詩誌評、詩集評などを約十年にわたり連載。
一月、「長帽子」二十九号に評論「歎異抄試論」を発表。
六月、「長帽子」三十号に詩「木婚」を発表。
一九七一年（昭和四十六年）　二十九歳
四月、横浜支局から東京本社社会部に異動、杉並区成田西二丁目に中古住宅を買って相武台団地から転居。社会部では第四方面（新宿署）、武蔵野支局、遊軍を歴任。
八月、「長帽子」三十二号に評論「執行猶予または体験的六〇年代論」を発表。
一九七二年（昭和四十七年）　三十歳
二月、浅間山荘事件を取材。
三月、「長帽子」三十三号に詩「兵士の休暇」、評論

「六〇年代詩人論をどう書くか」を発表。

一九七三年（昭和四十八年）　三十一歳
一月、評論集『反コロンブスの卵』を荒川洋治の編集により檸檬屋から刊行。

五月、「長帽子」三十五号（十周年記念号）に詩「木洩れ日のなかで」を発表。この号から山本楡美子同人参加。

八月、金大中事件を取材。

十月、第四次中東戦争取材のためベイルートへ出張。

一九七四年（昭和四十九年）　三十二歳
一月、第二詩集『カナンまで』を荒川洋治の編集により檸檬屋から刊行。

「詩学」二月号から「近代詩人論」の連載を開始。七五年十一月号まで二十回。

四月、社会部から出版局週刊読売編集部へ異動、主として事件物を担当。

四月、「長帽子」は「原景」として再出発、創刊号に評論「姦通論―白秋序説」を発表。

五月、『カナンまで』で第二十四回H氏賞を受賞、五月の詩祭で授賞される。以後文芸誌などから少しずつ原稿の注文が来るようになる。

一九七五年（昭和五十年）　三十三歳
二月、長女佳以誕生。

五月、「原景」三号に詩「風の距離」を発表。

九月、父新造死去。

一九七六年（昭和五十一年）　三十四歳
一月、第三詩集『風の距離』を荒川洋治の編集により紫陽社から刊行。

四月、週刊読売編集部から図書編集部に異動、「現代人気推理作家自選傑作短篇集」などを担当。松本清張、佐野洋、三好徹、結城昌治、都筑道夫、生島治郎らの知遇を得る。

五月、近代詩人論『歌と禁欲』を田村雅之の編集により国文社から刊行。

一九七七年（昭和五十二年）　三十五歳
四月、郷原宏編／解説『立原道造詩集』（旺文社文庫）

刊。

九月、「長帽子」仙台集会で松島に遊ぶ。

十一月、三好徹『野望の猟犬』（集英社文庫）の解説を書く。以後文庫解説の仕事が増える。

一九七八年（昭和五十三年）　三十六歳
一月、郷原宏編／解説『八木重吉詩集』（旺文社文庫）刊。

一月、「EQ」（光文社）創刊号から「新刊チェックリスト」を担当。九九年五月の第一三〇号まで連載。

四月、読売新聞労働組合中央執行委員に選出され、文化部長をつとめる。

一九七九年（昭和五十四年）　三十七歳
一月、武蔵野市西久保三丁目に移住。

十月、第四詩集『探偵』を荒川洋治の編集により紫陽社から刊行。

一九八〇年（昭和五十五年）　三十八歳
五月、評伝『立原道造』を大久保憲一の編集により花神社から刊行。

八月、「未来」九月号から評伝「詩人の妻―高村智恵子ノート」の連載を開始、八二年五月号まで十七回。

一九八一年（昭和五十六年）　三十九歳
二月、評論集『詩のある風景』を西谷能英（野沢啓）の編集により未來社から刊行。

十一月、「長帽子」三十七号（復刊第一号）に詩「光る海」を発表、評論「現代詩史論」の連載を開始。

一九八二年（昭和五十七年）　四十歳
五月、次兄正ブラジルで死去。

六月、「長帽子」三十八号に詩「雪と探偵」を発表。

七月、シンガポール、マレーシアを周遊。

一九八三年（昭和五十八年）　四十一歳
一月、評伝『詩人の妻―高村智恵子ノート』を西谷能英（野沢啓）の編集により未來社から刊行、第五回サントリー学芸賞を受賞。

二月、「宝石」（光文社）二月号から新刊書評「宝石ブックハンター」を連載、九二年八月号まで。

八月、図書編集部から編集局解説部へ異動、文化関係の解説記事を書く。

十二月、母吉野死去。

一九八四年（昭和五十九年）　四十二歳
三月、「長帽子」四十一号に詩「比喩でなく」を発表。

五月、第五詩集『冬の旅・その他の旅』を荒川洋治の編集により紫陽社から刊行。

七月、解説部から婦人部へ異動。

八月、パリ、ハイデルベルク、ミュンヘンを歴訪。

一九八五年（昭和六十年）　四十三歳
五月、読売新聞社を依願退職、文筆専業となる。

一九八六年（昭和六十一年）　四十四歳
五月、読売新聞婦人面に「今月の詩」の連載を開始。九〇年四月まで。

六月、「長帽子」四十六号に評論「中野重治の問題」を発表。

一九八七年（昭和六十二年）　四十五歳
四月、「書斎の窓」（有斐閣）五月号から「新日本語考現学」の連載を開始。八八年十月号まで十五回。

七月、スペイン、ポルトガルを歴訪。

一九八八年（昭和六十三年）　四十六歳
六月、産経新聞に「東西ベストミステリーガイド」の連載を開始。九二年七月まで百回。

六月、「週刊実話」に「男のミステリー」の連載を開始、八九年三月まで。

一九八九年（昭和六十四／平成元年）　四十七歳
一月、昭和天皇崩御、平成と改元。

四月、山本楡美子との共訳でポール・オースター『シティ・オヴ・グラス』を角川書店から刊行。

六月、『「現代国語」解読講座』（「新日本語考現学」改題）を満田康子の編集により有斐閣から刊行。

七月、「長帽子」五十号に詩「夢から醒めた夢のまた夢」を発表。

一九九〇年（平成二年）　四十八歳
三〜四月、ニューヨーク、ワシントンを歴訪。

四月、「小説コットン」に「今月のミステリー調書」

の連載を開始。九二年八月まで。
一九九一年（平成三年）　四十九歳
八月、「長帽子」五十二号に詩「承認」を発表。
一九九二年（平成四年）　五十歳
四月、高橋秀一郎死去、享年五十五歳。
七月、「長帽子」五十三号（高橋秀一郎追悼号）に高橋の名詩選と年譜を掲載。
十二月、各務三郎との共著『東西ベストミステリーガイド』を産経新聞生活情報センターから刊行。
一九九三年（平成五年）　五十一歳
六月、ローマ、フィレンツェ、ベネツィア、ミラノを歴訪。
七月、小説『わが愛の譜―滝廉太郎物語』を新潮文庫から書き下ろし刊行、澤井信一郎監督により映画化される。
九月、「長帽子」五十四号（創刊三十年記念号）に随筆「茫々三十年」を発表。
一九九四年（平成六年）　五十二歳
二月、「新刊展望」（日販）に「おもしろ本スクランブル」を年四回連載開始。
一九九五年（平成七年）　五十三歳
十月、『名探偵事典／日本編』を井上浩一郎の編集により東京書籍から刊行。
一九九六年（平成八年）　五十四歳
十一月、「長帽子」五十七号に詩「比喩のように」、随筆「わが領地は無限の荒野」を発表。
一九九七年（平成九年）　五十五歳
二月、『名探偵事典／海外編』を井上浩一郎の編集により東京書籍から刊行。
十二月、レイモンド・チャンドラー名言集『ギムレットには早すぎる』（共編山本楡美子）を北村英治の編集により三修社（アリアドネ企画）から刊行。
一九九八年（平成十年）　五十六歳
四月、ロンドン、カンタベリー、ケンブリッジ、ヨークを歴訪。
九月、「長帽子」五十九号に評論「廃墟の犬と輓の鞭―比喩論のためのエスキス」を発表。

十二月、編著『西村京太郎読本』を小畑祐三郎の編集によりKSS出版から刊行。

一九九九年（平成十一年）　五十七歳
七月、安宅夏夫との共著『渡辺淳一作品にみるヒロインたちの生きかた』を小畑祐三郎の編集によりKSS出版から刊行。

十月、ロンドン、ハワーズ、エディンバラ、ウインダミア、アイルランドを歴訪。

二〇〇〇年（平成十二年）　五十八歳
一月、『このミステリーを読め！［日本編］』を出水田美穂の編集により三笠書房王様文庫から刊行。

三月、『このミステリーを読め！［海外編］』を出水田美穂の編集により三笠書房王様文庫から刊行。

三月、「長帽子」六十一号に詩「遠い声」を発表。

十二月、パリ周遊。

二〇〇一年（平成十三年）　五十九歳
一月、『「赤川次郎」公式ガイドブック』を出水田美穂の編集により三笠書房王様文庫から刊行。

七月、「長帽子」六十二号に詩「少年の夏」を発表。

二〇〇二年（平成十四年）　六十歳
八月、「長帽子」六十三号に長篇詩「出雲まほろば」第一回を発表。

二〇〇三年（平成十五年）　六十一歳
三～四月、イタリア周遊。

八月、長帽子同人歌仙「滝乃沢」之巻。

二〇〇四年（平成十六年）　六十二歳
一月、長兄哲郎死去。

五月、弟收死去。

九月、「長帽子」六十六号に詩「水色の風」を発表。

二〇〇五年（平成十七年）　六十三歳
三月、平田市が出雲市に吸収合併される。

四月、『松本清張事典決定版』を小畑祐三郎企画、渡部芳光編集により角川学芸出版から刊行。

七～八月、プラハ、ウイーンを歴訪。

二〇〇六年（平成十八年）　六十四歳

五月、日中文化交流囲碁使節団員として北京、秦皇島を歴訪。

六月、『松本清張事典決定版』により第五十九回日本推理作家協会賞（評論部門）を受賞。

二〇〇七年（平成十九年）　六十五歳

「小説推理」（双葉社）八月号から「清張とその時代」の連載を開始。〇八年八月号まで十三回。

九月、「長帽子」六十九号に詩「晩鐘」、随筆「秋夕論のためのエスキス」を発表。

二〇〇八年（平成二十年）　六十六歳

三～四月、サンクトペテルブルグ、モスクワを歴訪。

八月、「長帽子」七十号に随筆「ペシミストとは誰か」を発表。

「小説現代」（講談社）九月から「物語日本推理小説史」の連載を開始。一〇年八月号まで二十四回。

二〇〇九年（平成二十一年）　六十七歳

十月、「週刊松本清張」（発行デアゴスティーニ・ジャパン、編集協力ジェイ・キャスト）の編集長を委嘱され、一〇年一月までに『点と線』など全十三集を執筆・編集。

十一月、『清張とその時代』を秋元英之の編集により双葉社から刊行。

二〇一〇年（平成二十二年）　六十八歳

四月、オランダ、ベルギーを歴訪。アントワープでパスポートを盗まれる。

十一月、『物語日本推理小説史』を横山建城の編集により講談社から刊行。

二〇一一年（平成二十三年）　六十九歳

「小説推理」（双葉社）六月号から「日本ミステリー論争史」の連載を開始。一二年十月号まで十七回。

十一月、「長帽子」七十三号に詩「湯河原まで」を発表。

二〇一二年（平成二十四年）　七十歳

四月、韓国各地を周遊。

現住所　〒180-0013
東京都武蔵野市西久保三―一二―六

新・日本現代詩文庫 109 郷《ごう》原《はら》宏《ひろし》詩集

発　行　二〇一三年五月三十日　初版

著　者　郷原　宏
装　幀　森本良成
発行者　高木祐子
発行所　土曜美術社出版販売
〒162-0813　東京都新宿区東五軒町三—一〇
電　話　〇三—五二二九—〇七三〇
FAX　〇三—五二二九—〇七三二
振　替　〇〇一六〇—九—七五六九〇九
印刷・製本　モリモト印刷

ISBN978-4-8120-2051-7　C0192

新・日本現代詩文庫

土曜美術社出版販売

91 前川幸雄詩集　解説　吉田精一・西岡光秋
92 なべくらますみ集　解説　佐川亜紀・和田文雄
93 津金充詩集　解説　松本恭輔・森田進
94 中村泰三詩集　解説　宮澤章二・野田順子
95 和田攻詩集　解説　稲葉嘉和・森田進
96 藤井雅人詩集　解説　菊田守・瀬崎祐
97 馬場晴世詩集　解説　久宗睦子・中村不二夫
98 鈴木孝詩集　解説　野村喜和夫・長谷川龍生
99 久宗睦子詩集　解説　伊藤桂一・野仲美弥子
100 水野るり子詩集　解説　尾世川正明・相沢正一郎
101 岡三沙子詩集　解説　金子秀夫・鈴木比佐雄
102 星野元一詩集　解説　鈴木漠・小柳玲子
103 清水茂詩集　解説　北岡淳子・川中子義勝
104 山本美代子詩集　解説　安水稔和・伊勢田史郎
105 武西良和詩集　解説　細見和之
106 竹川弘太郎詩集　解説　暮尾淳
107 酒井力詩集　解説　鈴木比佐雄・宮沢肇
108 一色真理詩集　解説　伊藤浩子
109 郷原宏詩集　解説　荒川洋治
110 永井ますみ詩集　解説　有馬敲・石橋美紀
111 阿部堅磐詩集　解説　里中智沙・中村不二夫

〈近刊〉

112 新編石原武詩集　解説　秋谷豊・中村不二夫
113 長島三芳詩集　解説　平林敏彦・禿慶子
114 柏木恵美子詩集　解説　〈未定〉
115 戸井みちお詩集　解説　〈未定〉

〈以下続刊〉

近江正人詩集　解説　〈未定〉
瀬野とし詩集　解説　〈未定〉
新編石川逸子詩集　解説　〈未定〉

1 中原道夫詩集
2 坂本明子詩集
3 高橋英司詩集
4 前原正治詩集
5 三田洋詩集
6 本多寿詩集
7 小島禄琅詩集
8 新編菊田守詩集
9 出海溪也詩集
10 柴崎聰詩集
11 相馬大詩集
12 桜井哲夫詩集
13 新編島田陽子詩集
14 新編真壁仁詩集
15 南邦和詩集
16 星雅彦詩集
17 井之川巨詩集
18 新々木島始詩集
19 小川アンナ詩集
20 新編井口克己詩集
21 新編滝口雅子詩集
22 谷　敬詩集
23 福井久子詩集
24 森ちふく詩集
25 しま・ようこ詩集
26 腰原哲朗詩集
27 金光洋一郎詩集
28 松田幸雄詩集
29 谷口謙詩集
30 和田文雄詩集
31 新編高田敏子詩集
32 皆木信昭詩集
33 千葉龍詩集
34 新編佐久間隆史詩集
35 長津功三良詩集
36 鈴木亨詩集
37 埋田昇二詩集
38 川村慶子詩集
39 新編大井康暢詩集
40 米田栄作詩集
41 池田瑛子詩集
42 遠藤恒吉詩集
43 五喜田正巳詩集
44 森常治詩集
45 和田英子詩集
46 伊勢田史郎詩集
47 鈴木満詩集
48 曽根ヨシ詩集
49 成田敦詩集
50 ワシオ・トシヒコ詩集
51 高田太郎詩集
52 大塚欽一詩集
53 香川紘子詩集
54 井元霧彦詩集
55 高橋次夫詩集
56 上手宰詩集
57 網谷厚子詩集
58 門田照子詩集
59 水野ひかる詩集
60 丸本明子詩集
61 村永美和子詩集
62 藤坂信子詩集
63 門林岩雄詩集
64 新編原民喜詩集
65 新編濱口國雄詩集
66 日塔聰詩集
67 武田弘子詩集
68 大石規子詩集
69 吉川仁詩集
70 尾世川正明詩集
71 岡隆夫詩集
72 野仲美弥子詩集
73 葛西洌詩集
74 只松千恵子詩集
75 鈴木哲雄詩集
76 桜井さざえ詩集
77 森野満之詩集
78 坂本つや子詩集
79 川原よしひさ詩集
80 前田新詩集
81 石黒忠詩集
82 壺阪輝代詩集
83 若山紀子詩集
84 香山雅代詩集
85 古田豊治詩集
86 福原恒雄詩集
87 黛元男詩集
88 山下静男詩集
89 赤松徳治詩集
90 梶原禮之詩集

◆定価（本体1400円＋税）